這就是你要の
日語文法書

國家圖書館出版品預行編目資料

這就是你要的日語文法書(QR)／雅典日研所企編.
-- 四版. -- 新北市：雅典文化事業有限公司, 民114.07
　　面；　公分. --（日語大師；30）
　　ISBN 978-626-7245-72-9（平裝）

1.CST: 日語 2.CST: 語法

803.16　　　　　　　　　　　　　1140056850

日語大師 30

這就是你要的日語文法書(QR)

企　　編／雅典日研所
責任編輯／張文慧
內文排版／鄭孝儀
封面設計／林鈺恆

法律顧問：方圓法律事務所／涂成樞律師

總經銷：永續圖書有限公司
永續圖書 線上購物網
www.foreverbooks.com.tw

掃描填回函
好書隨時抽

出版日／2025年07月

雅典文化

出版社

22103　新北市汐止區大同路三段194號9樓之1
　　　TEL　（02）8647-3663
　　　FAX　（02）8647-3660

版權所有，任何形式之翻印，均屬侵權行為

50音基本發音表

● track 002

清音

a ㄚ	i ー	u ㄨ	e ㄝ	o ㄡ
あ ア	い イ	う ウ	え エ	お オ
ka ㄎㄚ	ki ㄎー	ku ㄎㄨ	ke ㄎㄝ	ko ㄎㄡ
か カ	き キ	く ク	け ケ	こ コ
sa ㄙㄚ	shi ㄒ	su ㄙ	se ㄙㄝ	so ㄙㄡ
さ サ	し シ	す ス	せ セ	そ ソ
ta ㄊㄚ	chi ㄑー	tsu ㄘ	te ㄊㄝ	to ㄊㄡ
た タ	ち チ	つ ツ	て テ	と ト
na ㄋㄚ	ni ㄋー	nu ㄋㄨ	ne ㄋㄝ	no ㄋㄡ
な ナ	に ニ	ぬ ヌ	ね ネ	の ノ
ha ㄏㄚ	hi ㄏー	fu ㄈㄨ	he ㄏㄝ	ho ㄏㄡ
は ハ	ひ ヒ	ふ フ	へ ヘ	ほ ホ
ma ㄇㄚ	mi ㄇー	mu ㄇㄨ	me ㄇㄝ	mo ㄇㄡ
ま マ	み ミ	む ム	め メ	も モ
ya ーㄚ		yu ーㄩ		yo ーㄡ
や ヤ		ゆ ユ		よ ヨ
ra ㄌㄚ	ri ㄌー	ru ㄌㄨ	re ㄌㄝ	ro ㄌㄡ
ら ラ	り リ	る ル	れ レ	ろ ロ
wa ㄨㄚ		o ㄡ		n ㄣ
わ ワ		を ヲ		ん ン

● track 003

濁音

ga ㄍㄚ	gi ㄍー	gu ㄍㄨ	ge ㄍㄝ	go ㄍㄡ
が ガ	ぎ ギ	ぐ グ	げ ゲ	ご ゴ
za ㄗㄚ	ji ㄐー	zu ㄗ	ze ㄗㄝ	zo ㄗㄡ
ざ ザ	じ ジ	ず ズ	ぜ ゼ	ぞ ゾ
da ㄉㄚ	ji ㄐー	zu ㄗ	de ㄉㄝ	do ㄉㄡ
だ ダ	ぢ ヂ	づ ヅ	で デ	ど ド
ba ㄅㄚ	bi ㄅー	bu ㄅㄨ	be ㄅㄝ	bo ㄅㄡ
ば バ	び ビ	ぶ ブ	べ ベ	ぼ ボ
pa ㄆㄚ	pi ㄆー	pu ㄆㄨ	pe ㄆㄝ	po ㄆㄡ
ぱ パ	ぴ ピ	ぷ プ	ぺ ペ	ぽ ポ

拗音

 track 004

kya きゃ キャ	ㄎ一ㄚ	kyu きゅ キュ	ㄎ一ㄩ	kyo きょ キョ	ㄎ一ㄡ
sha しゃ シャ	ㄒ一ㄚ	shu しゅ シュ	ㄒ一ㄩ	sho しょ ショ	ㄒ一ㄡ
cha ちゃ チャ	ㄑ一ㄚ	chu ちゅ チュ	ㄑ一ㄩ	cho ちょ チョ	ㄑ一ㄡ
nya にゃ ニャ	ㄋ一ㄚ	nyu にゅ ニュ	ㄋ一ㄩ	nyo にょ ニョ	ㄋ一ㄡ
hya ひゃ ヒャ	ㄏ一ㄚ	hyu ひゅ ヒュ	ㄏ一ㄩ	hyo ひょ ヒョ	ㄏ一ㄡ
mya みゃ ミャ	ㄇ一ㄚ	myu みゅ ミュ	ㄇ一ㄩ	myo みょ ミョ	ㄇ一ㄡ
rya りゃ リャ	ㄌ一ㄚ	ryu りゅ リュ	ㄌ一ㄩ	ryo りょ リョ	ㄌ一ㄡ

gya ぎゃ ギャ	ㄍ一ㄚ	gyu ぎゅ ギュ	ㄍ一ㄩ	gyo ぎょ ギョ	ㄍ一ㄡ
ja じゃ ジャ	ㄐ一ㄚ	ju じゅ ジュ	ㄐ一ㄩ	jo じょ ジョ	ㄐ一ㄡ
ja ぢゃ ヂャ	ㄐ一ㄚ	ju ぢゅ ヂュ	ㄐ一ㄩ	jo ぢょ ヂョ	ㄐ一ㄡ
bya びゃ ビャ	ㄅ一ㄚ	byu びゅ ビュ	ㄅ一ㄩ	byo びょ ビョ	ㄅ一ㄡ
pya ぴゃ ピャ	ㄆ一ㄚ	pyu ぴゅ ピュ	ㄆ一ㄩ	pyo ぴょ ピョ	ㄆ一ㄡ

● | 平假名 | 片假名 |

名詞

名詞	019
數詞	021
代名詞	022
名詞分類總覽	024

名詞句

名詞句－非過去肯定句	027
名詞句－過去肯定句	028
名詞句－非過去肯定疑問句	029
名詞句－過去肯定疑問句	030
名詞句－非過去否定句	031
名詞句－過去否定句	033
名詞句－非過去否定疑問句	035
名詞句－過去否定疑問句	037
名詞＋名詞	039
名詞句總覽	041

形容詞篇

い形容詞	043
な形容詞	044

い形容詞句

い形容詞＋です ………………………………… 047
い形容詞＋名詞 ………………………………… 048
い形容詞（副詞化）＋動詞 …………………… 049
い形容詞＋形容詞 ……………………………… 050
い形容詞句－非過去肯定句 …………………… 051
い形容詞句－過去肯定句 ……………………… 052
い形容詞句－非過去肯定疑問句 ……………… 054
い形容詞句－過去肯定疑問句 ………………… 055
い形容詞句－非過去否定句 …………………… 056
い形容詞句－過去否定句 ……………………… 058
い形容詞句－非過去否定疑問句 ……………… 060
い形容詞句－過去否定疑問句 ………………… 062
い形容詞句－延伸句型 ………………………… 064
い形容詞句總覽 ………………………………… 065

な形容詞句

な形容詞＋です ………………………………… 069
な形容詞＋名詞 ………………………………… 070
な形容詞（副詞化）＋動詞 …………………… 071
な形容詞＋形容詞 ……………………………… 072
な形容詞句－非過去肯定句 …………………… 073
な形容詞句－過去肯定句 ……………………… 074

な形容詞句－非過去肯定疑問句 ………… 075
な形容詞句－過去肯定疑問句 …………… 076
な形容詞句－非過去否定句 ……………… 077
な形容詞句－過去否定句 ………………… 079
な形容詞句－非過去否定疑問句 ………… 081
な形容詞句－過去否定疑問句 …………… 083
な形容詞句總覽 …………………………… 085

動詞－基礎篇

動詞的形態 ………………………………… 089
自動詞 ……………………………………… 090
他動詞 ……………………………………… 091

自動詞句

自動詞句－非過去肯定句 ………………… 093
自動詞句－過去肯定句 …………………… 095
自動詞句－非過去肯定疑問句 …………… 096
自動詞句－過去肯定疑問句 ……………… 097
自動詞句－非過去否定句 ………………… 098
自動詞句－過去否定句 …………………… 099
自動詞句－非過去否定疑問句（１）……… 100
自動詞句－非過去否定疑問句（２）……… 101
自動詞句－過去否定疑問句 ……………… 103
自動詞句－移動動詞（１）具有方向和目的地 … 104

自動詞句－移動動詞（２）在某範圍內移動／通過某地點 …… 106
自動詞句－います、あります …… 107
自動詞句總覽 …… 109

他動詞

他動詞句－非過去肯定句 …… 113
他動詞句－過去肯定句 …… 114
他動詞句－非過去肯定疑問句 …… 115
他動詞句－過去肯定疑問句 …… 116
他動詞句－非過去否定句 …… 117
他動詞句－過去否定句 …… 118
他動詞句－非過去否定疑問句（１） …… 119
他動詞句－非過去否定疑問句（２） …… 120
他動詞句－過去否定疑問句 …… 122
他動詞句＋行きます、来ます …… 123
自動詞句與他動詞句 …… 125
他動詞句總覽 …… 126

動詞－進階篇

動詞進階篇概說 …… 129
Ｉ類動詞 …… 130
Ⅱ類動詞 …… 133
Ⅲ類動詞 …… 137
動詞分類表 …… 139

字典形（常體非過去形）

「敬體」與「常體」	141
「字典形」概說	143
字典形－I類動詞	144
字典形－II類動詞	146
字典形－III類動詞	148
字典形總覽	149

常體否定形（ない形）

常體否定形－I類動詞	151
常體否定形－II類動詞	153
常體否定形－III類動詞	155
動詞常體否定形總覽	156

使用ない形的表現

表示禁止	159
表示義務	160
建議（反對意見）	161

常體過去形（た形）

常體過去形（た形）－I類動詞	163
常體過去形（た形）－II類動詞	167

常體過去形（た形）－III類動詞 ……………… 169
常體過去否定形－なかった形 ……………… 170
動詞常體過去形總覽 ……………… 173

使用た形的表現

表示經驗 ……………… 175
建議 ……………… 176
舉例 ……………… 177

て形

て形－I類動詞 ……………… 179
て形－II類動詞 ……………… 181
て形－III類動詞 ……………… 182
動詞て形總覽 ……………… 183

使用て形的表現

表示動作的先後順序 ……………… 185
表示先後順序 ……………… 186
狀態的持續 ……………… 187
要求 ……………… 188
請求許可 ……………… 189
禁止 ……………… 190
希望 ……………… 191

表示狀態	192
預先完成	193
嘗試	194
動作完成／不小心	195

授受表現

得到	197
得到（較禮貌的說法）	198
給予（1）	199
給予（2）	200
給予（3）	202
幫忙（動作）	203
接受幫忙（動作）	204
給予幫助（動作）	205

使用常體的表現

常體概說	207
推測	211
傳聞、聽說	213
主觀推測	214
推測	216
表示決定	218
表示結果	219
表示目的	220

• 013 •

表示自己的想法 ……………………………… 222
推測 ………………………………………… 224
表示可能 …………………………………… 225
不確定 ……………………………………… 227
主觀推測 …………………………………… 229
轉述 ………………………………………… 231
表示聽到、聽說 …………………………… 233

意量形

意量形－I類動詞 ……………………………237
意量形－II類動詞 …………………………… 239
意量形－III類動詞 …………………………… 241
意量形總覽 ………………………………… 243

使用意量形的表現

表示邀請、意志 …………………………… 245
嘗試想要 …………………………………… 247
打算去做 …………………………………… 248

命令形

命令形概說 ………………………………… 251
命令形－I類動詞 ……………………………251
命令形－II類動詞 …………………………… 253

命令形－Ⅲ類動詞 …………………… 255
命令形總覽 …………………………… 256

可能形

可能形概說 …………………………… 259
可能形－Ⅰ類動詞 …………………… 259
可能形－Ⅱ類動詞 …………………… 261
可能形－Ⅲ類動詞 …………………… 263
可能形總覽 …………………………… 265
可能動詞句 …………………………… 265

被動形

被動形－Ⅰ類動詞 …………………… 269
被動形－Ⅱ類動詞 …………………… 271
被動形－Ⅲ類動詞 …………………… 273
被動形總覽 …………………………… 274

使用被動形的表現

被動句 ………………………………… 277
被委託 ………………………………… 279
被認為 ………………………………… 281
被要求 ………………………………… 282

• 015 •

使役形

使役形－I類動詞	285
使役形－II類動詞	287
使役形－III類動詞	289
使役形總覽	290
使役句	291

使役被動形

使役被動形－I類動詞	293
使役被動形－II類動詞	296
使役被動形－III類動詞	298
使役被動形總覽	299
使役被動句	300

助詞

は	303
が	308
も	315
を	317
か	319
に	322
へ	325

目錄

で	326
と	329
から	331
より	333
まで	334
など	335
や	336
しか	337
くらい	338

名詞

名詞
數詞
代名詞
名詞分類總覽

名詞

説明

名詞是用來表示人、事、物的名稱，或是用來表示抽象概念的詞。在日文中，名詞沒有單複數的變化。

普通名詞：廣泛指稱同一事物的名詞。

例詞

雨 あめ	雨
猫 ねこ	貓
野菜 やさい	蔬菜
本 ほん	書

外來語：自其他語言音譯而來的名詞。

例詞

テレビ	電視
パソコン	電腦
エアコン	冷氣
パン	麵包

這就是你要の
日文文法書

track 006

固有名詞：事物的固定名稱，如地名、人名…等。

例　詞

とうきょう 東京	東京
な ご や 名古屋	名古屋
び わ こ 琵琶湖	琵琶湖
さ とう 佐藤	佐藤（姓氏）

動詞性名詞：用來表示動作的名詞。

例　詞

べんきょう 勉強	學習／用功
うんどう 運動	運動
き ぼう 希望	期望／希望
さん ぽ 散歩	散步

006 **track** 跨頁共同導讀

名詞

數詞

説 明

又稱數名詞、數量詞；用以表示事物的個數、數量的名詞，通常會伴隨著單位和助數詞。

例 詞

一つ（ひと）	一個
一日（いちにち）	一天
二人（ふたり）	兩個人
三つ（みっ）	三個
1個（こ）	1個
2000年（ねん）	2000年
3メートル	3公尺

• 021 •

 track 007

代名詞

說明

代名詞是屬於名詞的一種,指的是「代替名詞的詞」。又可分為指示代名詞和人稱代名詞。

指示代名詞:用來代指特定事物、地點、方向等的名詞。

例詞

指示代名詞	代指事物	代指方向	代指地點
近距離 (靠近說話者)	これ (這個)	ここ (這裡)	こちら／こっち (這邊)
中距離 (靠近聽話者)	それ (那個)	そこ (那裡)	そちら／そっち (那邊)
遠距離 (距兩者皆遠)	あれ (那個)	あそこ (那裡)	あちら／あっち (那邊)
不定稱	どれ (哪個)	どこ (哪裡)	どちら／どっち (哪邊)

007 **track** 跨頁共同導讀

人稱代名詞：即為一般所說的「你、我、他」。在日文中，依照說話的對象不同，會使用不同的人稱代名詞。

例　詞

人稱代名詞	敬稱（對長輩）	一般稱呼（對平輩）
第一人稱（自稱）	わたくし／わたし（我）	わたし（我） 私たち（我們）
第二人稱（對稱）	あなた／あなたさま（您）	あなた（你） あなた達（你們） あなた方（你們）
第三人稱（他稱）	この方（這一位） その方（那一位） あの方（較遠的那一位）	この人（這個人） その人（那個人） あの人（較遠的那個人） 彼（他） 彼ら（他們） 彼女（她） 彼女達（她們）
不定稱	どなた（哪一位） どなた様（哪一位） どの方（哪一位）	どの人（哪個人） どなた（哪個人） 誰（哪個人）

• 023 •

名詞分類總覽

名詞分類	定義	例
普通名詞	廣泛指稱同一事物的名詞	猫（ねこ）、本（ほん）
外來語	自其他語言音譯而來的名詞	テレビ、パン
固有名詞	某一事物的固定名稱，如地名、人名	東京（とうきょう）、佐藤（さとう）
動詞性名詞	用來表示動作的名詞	勉強（べんきょう）、運動（うんどう）
數詞	用以表示數量或個數	一つ（ひと）、三つ（みっ）
代名詞	可分為指示代名詞和人稱代名詞	これ、あの人（ひと）

名詞句

非過去肯定句
過去肯定句
非過去肯定疑問句
過去肯定疑問句
非過去否定句
過去否定句
非過去否定疑問句
過去否定疑問句
名詞＋名詞
名詞句總覽

名詞句－非過去肯定句

私（わたし）は学生（がくせい）です
我是學生

説　明

名詞句的基本句型，可以依照肯定、否定、過去、非過去（現在、未來）、疑問等狀態來做變化。
名詞句的非過去肯定句型如下：

AはBです
　（A、B：名詞／は：是／です：助動詞）

例　句

▶ 父（ちち）は会社員（かいしゃいん）です。
　家父是上班族。

▶ 今日（きょう）は土曜日（どようび）です。
　今天是星期六。

▶ これはパンです。
　這是麵包。

▶ 彼（かれ）は外国人（がいこくじん）です。
　他是外國人。

▶ 明日（あした）は一月一日（いちがつついたち）です。
　明天是一月一日。

track 跨頁共同導讀 009

名詞句－過去肯定句
私(わたし)は学生(がくせい)でした
我曾經是學生

説明

名詞句的過去肯定句型是：

AはBでした
（A、B：名詞／は：是／でした：です的過去式）

例句

▶ 一年前(いちねんまえ)、私(わたし)は会社員(かいしゃいん)でした。
　一年前，我曾是上班族。

▶ 昨日(きのう)は休(やす)みでした。
　昨天是休假日。

▶ ここは学校(がっこう)でした。
　這裡曾經是學校。

▶ 昨日(きのう)はいい天気(てんき)でした。
　昨天是好天氣。

▶ あの人(ひと)は課長(かちょう)でした。
　那個人曾經是課長。

名詞句-非過去肯定疑問句

あなたは学生(がくせい)ですか
請問你是學生嗎

説　明

名詞句的非過去肯定疑問句型是：

AはBですか
（A、B：名詞／は：是／です：助動詞
　／か：終助詞，表示疑問）

「か」放在句尾，是用於表示疑問。在日文正式的文法中，即使是疑問句，也使用句號。在雜誌、漫畫等較輕鬆大眾化讀物上才使用驚嘆號。

例　句

▶ あなたは台湾人(たいわんじん)ですか。
　你是台灣人嗎？

▶ これは辞書(じしょ)ですか。
　這是字典嗎？

▶ トイレはどこですか。
　洗手間在哪裡呢？

▶ あの人(ひと)は誰(だれ)ですか。
　那個人是誰呢？

▶ それは本物(ほんもの)ですか、にせものですか。
　那是真品，還是假貨呢？

track 跨頁共同導讀 010

名詞句－過去肯定疑問句

あなたは学生でしたか
你曾是學生嗎

説　明

名詞句的過去肯定疑問句型是：

AはBでしたか
（A、B：名詞／は：是／
でした：です的過去式／か：終助詞，表示疑問）

例　句

▶今日はどんな一日でしたか。
今天是怎樣的一天呢？
（問今天一天中，已經過去的時間過得如何）

▶あの人はどんな子供でしたか。
那個人曾經是怎麼樣的孩子呢？

▶昨日は雨でしたか。
昨天是雨天嗎？

▶ここは公園でしたか。
這裡曾經是公園嗎？

▶小学校の先生は誰でしたか。
小學時的老師是誰呢？

名詞句－非過去否定句

1. **私_{わたし}は学生_{がくせい}ではありません**
   我不是學生

2. **私_{わたし}は学生_{がくせい}じゃありません**
   我不是學生

説 明

名詞句的非過去否定句型有下列兩種：

1. AはBではありません
   （A、B：名詞／は：是／
   ではありません：です的否定形）

2. AはBじゃありません
   （A、B：名詞／は：是／
   じゃありません：です的否定形）

「じゃありません」是由「ではありません」的發音變化而來，故兩者通用。在下面的例句中，「ではありません」和「じゃありません」兩者間皆可相互替代。

例 句

▶ 私_{わたし}は佐藤_{さとう}ではありません。
  我不是佐藤。

▶ これは本_{ほん}ではありません。
  這不是書。

track 跨頁共同導讀 011

▶ ここは駅ではありません。
  這裡不是車站。
▶ あの人は先生ではありません。
  那個人不是老師。
▶ 今は三月じゃありません。
  現在不是三月。
▶ 彼女は医者ではありません。
  她不是醫生。
▶ あの人は私の子供じゃありません。
  那個人不是我的小孩。
▶ 今日は休みではありません。
  今天不是假日。

 012 track

名詞句－過去否定句

1. 私(わたし)は学生(がくせい)ではありませんでした
   我以前不是學生

2. 私(わたし)は学生(がくせい)じゃありませんでした
   我以前不是學生

説　明

名詞句的過去否定句型有下列兩種：

1. AはBではありませんでした
   （A、B：名詞／は：是／
   ではありませんでした：です的過去否定形）

2. AはBじゃありませんでした
   （A、B：名詞／は：是／
   じゃありませんでした：です的過去否定形）

「じゃありませんでした」是由「ではありませんでした」的發音變化而來，故兩者通用。在下面的例句中，「ではありませんでした」和「じゃありませんでした」兩者間皆可相互替代。

track 跨頁共同導讀 012

例　句

▶昨日は休みではありませんでした。
　昨天不是假日。

▶先月は二月ではありませんでした。
　上個月不是二月。

▶おとといは雨ではありませんでした。
　前天不是雨天。

▶朝ごはんはパンではありませんでした。
　早餐不是吃麵包。

▶お昼はおにぎりじゃありませんでした。
　午餐不是吃飯糰。

▶彼女は医者ではありませんでした。
　她以前不是醫生。

▶ここはスーパーじゃありませんでした。
　這裡以前不是超市。

名詞句－非過去否定疑問句

1. あなたは学生ではありませんか
   你不是學生嗎

2. あなたは学生じゃありませんか
   你不是學生嗎

説　明

名詞句的非過去否定疑問句型有下列兩種：

1. AはBではありませんか
   （A、B：名詞／は：是／
   ではありません：です的否定形／
   か：終助詞，表示疑問）

2. AはBじゃありませんか
   （A、B：名詞／は：是／
   じゃありません：です的否定形／
   か：終助詞，表示疑問）

這個句型，除了是直接表達否定疑問之外，也用在心中已經有主觀認定的答案，但是用反問的方式，如例句的「你不是學生嗎」，以委婉表達「你是學生吧」。同樣的，「ではありませんか」和「じゃありませんか」兩者間皆可替代使用。

track 跨頁共同導讀 013

例 句

▶ 彼女は増田さんではありませんか。
　她不是增田小姐嗎？

▶ それは椅子ではありませんか。
　那個不是椅子嗎？

▶ 明日は日曜日ではありませんか。
　明天不是星期天嗎？

▶ ここは東京ではありませんか。
　這裡不是東京嗎？

▶ あの人は部長じゃありませんか。
　那個人不是部長嗎？

▶ 彼女は医者ではありませんか。
　她不是醫生嗎？

▶ あの人はあなたの友達じゃありませんか。
　那個人不是你的朋友嗎？

▶ 今日は休みではありませんか。
　今天不是假日嗎？

名詞句－過去否定疑問句

1. あなたは学生ではありませんでしたか
   你以前不是學生嗎

2. あなたは学生じゃありませんでしたか
   你以前不是學生嗎

説明

名詞句的過去否定疑問句型有下列兩種：

1. AはBではありませんでしたか
   （A、B：名詞／は：是／
   ではありませんでした：です的過去否定形／
   か：終助詞，表示疑問）

2. AはBじゃありませんでしたか
   （A、B：名詞／は：是／
   じゃありませんでした：です的過去否定形／
   か：終助詞，表示疑問）

track 跨頁共同導讀 014

使用這句話時，除了是直接表達否定疑問之場合外，也用在心中已經有主觀認定的答案，但是用反問的方式，以委婉表達自己的意見。同樣的，「ではありませんでしたか」和「じゃありませんでしたか」兩者間皆可替代使用。

例句

▶ 彼は医者ではありませんでしたか。
　他以前不是醫生嗎？

▶ 先週は休みではありませんでしたか。
　上星期不是放假嗎？

▶ 大学時代の先生は伊藤先生ではありませんでしたか。
　大學時的老師不是伊藤老師嗎？

▶ ここは動物園ではありませんでしたか。
　這裡過去不是動物園嗎？

▶ 昨日は晴れじゃありませんでしたか。
　昨天不是晴天嗎？

▶ あそこは学校ではありませんでしたか。
　那裡以前不是學校嗎？

▶ 彼はあなたの上司ではありませんでしたか。
　他以前不是你的上司嗎？

▶ あの人は芸能人じゃありませんでしたか。
　那個人以前不是藝人嗎？

名詞＋名詞

1. **先生の学生です**
   （せんせい／がくせい）
   老師的學生

2. **先生と学生です**
   （せんせい／がくせい）
   老師和學生

説　明

兩個名詞連用時，有兩種句型：

1. 表示所有、所屬關係
   AのBです
   （A、B：名詞／の：的／です：助動詞）

2. 表示同等並列關係
   AとBです
   （A、B：名詞／と：和／です：助動詞）

例　句

▶ 何時の飛行機ですか。（所屬、所有）
   （なんじ／ひこうき）
   幾點的飛機呢？

▶ 彼の靴です。（所屬、所有）
   （かれ／くつ）
   他的鞋子。

▶ 社長の息子です。（所屬、所有）
   （しゃちょう／むすこ）
   老闆的兒子。

track 跨頁共同導讀 015

▶ 先生と学生です。（同等並列）
老師和學生。

▶ 部長と部下です。（同等並列）
部長和部下。

▶ 本と雑誌です。（同等並列）
書和雜誌。

▶ パソコンとバッグです。（同等並列）
電腦和包包。

▶ 車と自転車です。（同等並列）
車子和自行車。

▶ 漫画と小説です。（同等並列）
漫畫和小說。

▶ 私と彼です。（同等並列）
我和他。

名詞句總覽

[說 明]

看到這裡讀者應該可發現，日文中的時態和肯定否定的變化是由最後面的助動詞來決定，即：

非過去：「です」
過去：「でした」
非過去否定：「ではありません」
過去否定：「ではありませんでした」

[總 覽]

名詞句
- 肯定句
  - 非過去肯定句
    彼は先生です。
  - 過去肯定句
    彼は先生でした。
  - 非過去肯定疑問句
    彼は先生ですか。
  - 過去肯定疑問句
    彼は先生でしたか。
- 否定句
  - 非過去否定句
    彼は先生ではありません。
  - 過去否定句
    彼は先生ではありませんでした。
  - 非過去否定疑問句
    彼は先生ではありませんか。
  - 過去否定疑問句
    彼は先生ではありませんでしたか。

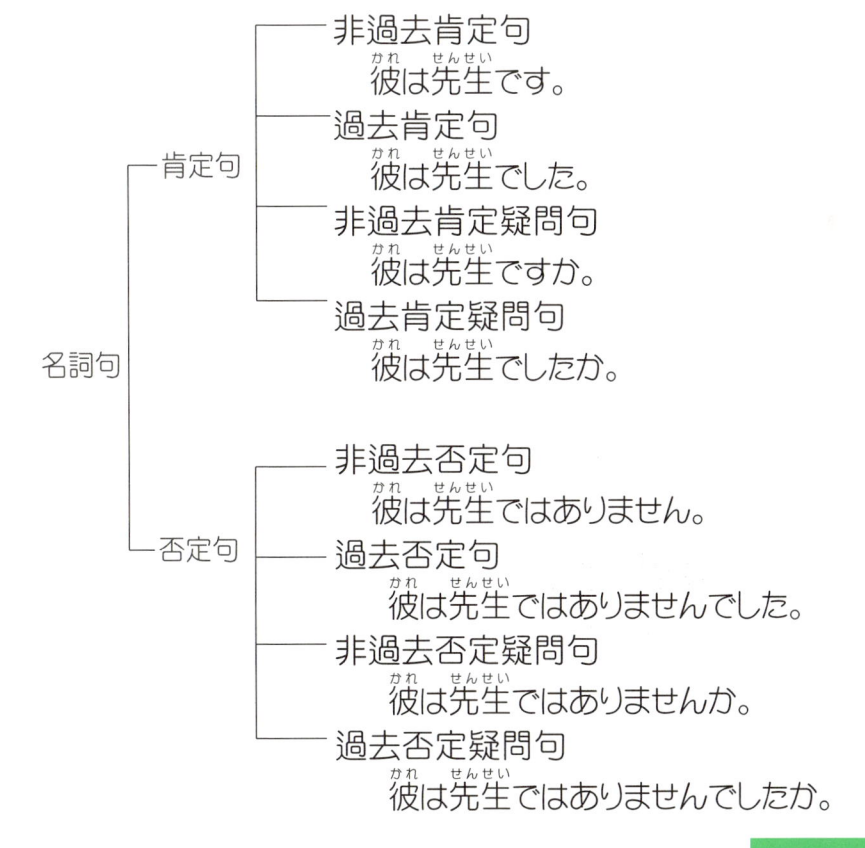

形容詞篇

い形容詞
な形容詞

い形容詞

高い
高的

説 明

日文中的形容詞大致可分為兩類，分別是「い形容詞」和「な形容詞」。

大致上的分辨方法，是字尾以「い」結尾的形容詞為「い形容詞」。（但是偶爾會有例外，可參考「な形容詞」之章節。）

例 詞

おいしい	好吃的
黒い	黑的
甘い	甜的
小さい	小的
大きい	大的
面白い	有趣的
嬉しい	高興的
優しい	溫柔的

track 跨頁共同導讀 017

な形容詞

大変(たいへん)
嚴重的／不得了

說明

除了少數例外，字尾不是「い」結尾的形容詞，就是「な形容詞」也稱作「形容動詞」。「な形容詞」的字尾並沒有特殊的規則，但是在後面接名詞時，需要加上「な」字，所以稱為「な形容詞」。以下介紹幾個常見的「な形容詞」。另外，一般來說，外來語的形容詞，都屬於な形容詞。

例詞

ユニーク	獨特的
元気(げんき)	有精神的
静か(しず)	安靜的
上手(じょうず)	拿手的
賑やか(にぎ)	熱鬧的
好き(す)	喜歡的
複雑(ふくざつ)	複雜的
嫌い(きら)	討厭的
きれい	漂亮的／乾淨的

（嫌(きら)い、きれい雖然為い結尾，但是屬於「な形容詞」）

い形容詞句

い形容詞＋です
い形容詞＋名詞
い形容詞（副詞化）＋動詞
い形容詞＋形容詞
非過去肯定句
過去肯定句
非過去肯句疑問句
過去肯定疑問句
非過去否定句
過去否定句
非過去否定疑問句
過去否定疑問句
延伸句型
い形容詞句總覽

い形容詞＋です

高いです
很高

説明

描敘人、事、物時，可以單獨使用「い形容詞」，但加上「です」會較為正式、有禮貌。

例句

▶ おいしいです。
好吃。

▶ 黒いです。
黑色的。

▶ 甘いです。
很甜。

▶ 小さいです。
小的。

▶ 面白いです。
有趣。

▶ 優しいです。
溫柔。

track 019

い形容詞＋名詞

高（たか）いビルです
很高的大樓

【說　明】

「い形容詞」後面要加名詞時，不需做任何的變化，直接加上名詞即可。

【例　句】

▶おいしいパンです。
　好吃的麵包。

▶黒（くろ）い熊（くま）です。
　黑色的熊。

▶小（ちい）さい箱（はこ）です。
　小的箱子。

▶大（おお）きい体（からだ）です。
　巨大的身體。

▶面白（おもしろ）い映画（えいが）です。
　有趣的電影。

▶優（やさ）しい人（ひと）です。
　溫柔的人。

019 **track** 跨頁共同導讀

い形容詞（副詞化）＋動詞

高(たか)く跳(と)びます
跳得很高

説　明

將「い形容詞」轉換詞性成副詞，放在動詞前面時，要將「い」改成「く」，後面再加上動詞。（動詞可參照後面介紹動詞之篇章。）

例　句

▶おいしく食(た)べます。（おいしい→おいしく）
　津津有味地吃。

▶小(ちい)さく切(き)ります。（小(ちい)さい→小(ちい)さく）
　切得小小的。

▶大(おお)きく書(か)きます。（大(おお)きい→大(おお)きく）
　大大地寫出來。

▶面白(おもしろ)くなります。（面白(おもしろ)い→面白(おもしろ)く）
　變得有趣。

▶嬉(うれ)しくなります。（嬉(うれ)しい→嬉(うれ)しく）
　變得開心。

▶優(やさ)しくなります。（優(やさ)しい→優(やさ)しく）
　變得溫柔。

い形容詞句

い形容詞＋形容詞

高(たか)くて遠(とお)いです
又高又遠

說 明

兩個形容詞連用時，如果是「い形容詞」在前面，就要把「い」變成「くて」，後面再加上形容詞（在後面的形容詞不用變化）。

例 句

▶ 甘(あま)くておいしいです。（甘い→甘くて）
既甜又好吃。

▶ おいしくて甘(あま)いです。（おいしい→おいしくて）
既好吃又甜。

▶ 小(ちい)さくて黒(くろ)いです。（小さい→小さくて）
既小又黑。

▶ 黒(くろ)くて小(ちい)さいです。（黒い→黒くて）
既黑又小。

▶ 優(やさ)しくて面白(おもしろ)い人(ひと)です。（優い→優くて）
既溫柔又有趣的人。

▶ 面白(おもしろ)くて優(やさ)しい人(ひと)です。（面白い→面白くて）
既有趣又溫柔的人。

い形容詞句－非過去肯定句

彼（かれ）はやさしいです
他很溫柔

説　明

形容詞句的基本句型是：

ＡはＢです
（Ａ：名詞／は：是／Ｂ：形容詞／です：助動詞）

例　句

▶ 値段（ねだん）は高（たか）いです。
　價格很高。

▶ 冬（ふゆ）は寒（さむ）いです。
　冬天很冷。

▶ 仕事（しごと）は多（おお）いです。
　工作很多。

▶ 公園（こうえん）は大（おお）きいです。
　公園很大。

▶ 服（ふく）は新（あたら）しいです。
　衣服是新的。

▶ 時間（じかん）は長（なが）いです。
　時間很長。

い形容詞句－過去肯定句

彼(かれ)はやさしかったです
他以前很溫柔

說　明

い形容詞的過去式，是去掉了字尾的「い」改加上「かった」，如上句中的：
やさしい→やさしかった
句子最後面的助動詞「です」則不需要做變化。因此い形容詞句的過去肯定句型為：

AはBです
（A：名詞／は：是／B：形容詞過去式／
　です：助動詞）

例　句

▶ 値段(ねだん)は高(たか)かったです。（高い→高かった）
　價格曾經很高。

▶ 去年(きょねん)の冬(ふゆ)は寒(さむ)かったです。（寒い→寒かった）
　去年的冬天很冷。

▶ 仕事(しごと)は多(おお)かったです。（多い→多かった）
　工作曾經很多。

▶この公園は大きかったです。（大きい→大きかった）
這座公園曾經很大。

▶この服は新しかったです。（新しい→新しかった）
這件衣服曾經是新的。

▶時間は長かったです。（長い→長かった）
時間曾經很長。

▶昨日は楽しかったです。（楽しい→楽しかった）
昨天很開心。

▶時間は短かったです。（短い→短かった）
（已過去的）時間很短。

▶友達は少なかったです。（少ない→少なかった）
朋友曾經很少。

い形容詞句

track 022

い形容詞句－非過去肯定疑問句

彼はやさしいですか
他很溫柔嗎

說　明

い形容詞句的非過去肯定疑問句是：

AはBですか
（A：名詞／は：是／B：形容詞／
　です：助動詞／か：終助詞，表示疑問）

例　句

▶ 値段は高いですか。
價格很高嗎？

▶ 冬は寒いですか。
冬天很冷嗎？

▶ 仕事は多いですか。
工作很多嗎？

▶ 公園は大きいですか。
公園很大嗎？

▶ 服は新しいですか。
衣服是新的嗎？

▶ 時間は長いですか。
時間長嗎？

い形容詞句－過去肯定疑問句

彼はやさしかったですか
他以前很溫柔嗎

説　明

い形容詞的過去式，是去掉了字尾的「い」改加上「かった」如：
やさしい→やさしかった
い形容詞句的過去肯定疑問句是：

AはBですか
（A：名詞／は：是／B：形容詞的過去式／
　です：助動詞／か：終助詞，表示疑問）

例　句

▶ 値段は高かったですか。
　價格曾經很高嗎？

▶ 去年の冬は寒かったですか。
　去年的冬天很冷嗎？

▶ 仕事は多かったですか。
　工作曾經很多嗎？

▶ この公園は大きかったですか。
　這座公園曾經很大嗎？

▶ この服は新しかったですか。
　這件衣服曾經是新的嗎？

い形容詞句－非過去否定句

1. **彼(かれ)はやさしくないです**
   他不溫柔

2. **彼(かれ)はやさしくありません**
   他不溫柔

說　明

い形容詞的否定形，是去掉了字尾的「い」改加上「くない」，而句尾的「です」則不變。非過去肯定中的「やさしい」，變化成否定的時候，就變成了「やさしくない」。

除這種變化方法外，也可以寫成「やさしくありません」；「ありません」是動詞「沒有」的意思，在動詞前面的形容詞要去掉「い」改加上「く」，因此整句就變成了：「彼はやさしくありません」。

簡單整理肯定變成否定的變化如下：

1. やさしいです→やさしくないです

2. やさしいです→やさしくありません

例　句

▶値段は高くないです。
　　（高いです→高くないです）

價格不高。

▶冬は寒くないです。
　　（寒いです→寒くないです）

冬天不冷。

▶仕事は多くないです。
　　（多いです→多くないです）

工作不多。

▶公園は大きくありません。
　　（大きいです→大きくありません）

公園不大。

▶服は白くありません。
　　（白いです→白くありません）

衣服不白。

い形容詞句－過去否定句

1. 彼(かれ)はやさしくなかったです
   他以前不溫柔

2. 彼(かれ)はやさしくありませんでした
   他以前不溫柔

説　明

在過去肯定的句型中曾經說過，い形容詞的過去式，是去掉了字尾的「い」改加上「かった」。

而否定型中的「ない」，剛好就是い形容詞。因此「やさしくない」變化成過去式的時候，就變成了「やさしくなかった」。

除這種變化方法外，也可以寫成「やさしくありませんでした」；「ありません」是動詞「沒有」的意思，過去式要加上「でした」，因此句子成了：「彼はやさしくありませんでした」。

い形容詞肯定→否定→過去否定的變化如下：

1. やさしいです→やさしくないです→
   やさしくなかったです

2. やさしいです→やさしくありません→
   やさしくありませんでした

例　句

▶ 値段は高くなかったです。
　（高くないです→高くなかったです）
　過去的價格不高。

▶ 去年の冬は寒くなかったです。
　（寒くないです→寒くなかったです）
　去年的冬天不冷。

▶ 仕事は多くなかったです。
　（多くないです→多くなかったです）
　過去的工作不多。

▶ 公園は大きくありませんでした。
　（大きくありません→大きくありませんでした）
　以前的公園不大。

▶ 服は白くありませんでした。
　（白くありません→白くありませんでした）
　衣服以前不白。

い形容詞句－非過去否定疑問句

1. 彼(かれ)はやさしくないですか
他不溫柔嗎

2. 彼(かれ)はやさしくありませんか
他不溫柔嗎

說　明

在非過去否定句後面加上代表疑問的「か」，即成為非過去否定疑問句。

い形容詞句的非過去否定疑問句句型是：

1. AはBですか
   （A：名詞／は：是／B：い形容詞否定／です：助動詞／か：終助詞，表示疑問）

2. AはBありませんか
   （A：名詞／は：是／B：い形容詞(副詞化)／／か：終助詞，表示疑問）

例　句

▶ 値段(ねだん)は高(たか)くないですか。
價格不高嗎？

▶ 冬は寒くないですか。
冬天不冷嗎？

▶ 仕事は多くないですか。
工作不多嗎？

▶ 足は長くないですか。
腿不長嗎？

▶ 公園は大きくありませんか。
公園不大嗎？

▶ 服は白くありませんか。
衣服不是白的嗎？

▶ 暑くないですか。
不熱嗎？

▶ おいしくないですか。
不好吃嗎？

▶ 楽しくないですか。
不好玩嗎？

▶ 寂しくないですか。
不寂寞嗎？

い形容詞句－過去否定疑問句

1. 彼(かれ)はやさしくなかったですか
   他以前不溫柔嗎

2. 彼(かれ)はやさしくありませんでしたか
   他以前不溫柔嗎

説　明

在過去否定句後面加上代表疑問的「か」，即成為過去否定疑問句。

い形容詞句的過去否定疑問句句型是：

1. AはBですか
   （A：名詞／は：是／B：い形容詞的過去否定／
   です：助動詞／か：終助詞，表示疑問）

2. AはBありませんでしたか
   （A：名詞／は：是／B：い形容詞(副詞化)／
   ／か：終助詞，表示疑問）

例　句

▶ 値段は高くなかったですか。
以前價格不高嗎？

▶ 去年の冬は寒くなかったですか。
去年的冬天不冷嗎？

▶ 仕事は多くなかったですか。
以前工作不多嗎？

▶ 足は長くなかったですか。
以前腿不長嗎？

▶ 公園は大きくありませんでしたか。
公園以前不大嗎？

▶ 服は白くありませんでしたか。
衣服以前不白嗎？

▶ 昨日は暑くなかったですか。
昨天不熱嗎？

▶ あのレストランはおいしくなかったですか。
那間餐廳不好吃嗎？

▶ 楽しくなかったですか。
不好玩嗎？（問已經過去的事）

▶ あの時寂しくなかったですか。
那時候不寂寞嗎？

track 027

い形容詞句－延伸句型

うさぎは耳が長いです
兔子的耳朵很長

說　明

在本句中，我們要用「耳は長い」來形容兔子，但是「耳は長い」本身就是一個名詞句，若要再放到名詞句中的時候，就要把「は」改成「が」。變化的方式如下：

うさぎは＿＿＿＿＿＿＿＿です。
↓
「耳は長い」改成「耳が長い」（は→が）
↓
うさぎは耳が長いです

例　句

▶ キリンは首が長いです。
　長頸鹿的脖子很長。

▶ 象は鼻が長いです。
　大象的鼻子很長。

▶ 佐藤さんは足が長いです。
　佐藤先生（小姐）的腿很長。

▶ 長谷川さんは髪が短いです。
　長谷川先生（小姐）的頭髮很短。

▶ あの人は頭がいいです。
　那個人的頭腦很好。

い形容詞句總覽

例　句

- **い形容詞**
  おいしい。（好吃）
- **い形容詞＋です**
  おいしいです。（好吃）
- **い形容詞＋名詞**
  おいしいケーキです。（好吃的蛋糕）
- **い形容詞（副詞化）＋動詞**
  おいしく食べます。（津津有味地吃）
- **い形容詞＋形容詞**
  おいしくて安いです。（既好吃又便宜）
- **非過去肯定句**
  ケーキはおいしいです。（蛋糕很好吃）
- **過去肯定句**
  昨日のケーキはおいしかったです。
  （昨天的蛋糕很好吃）
- **非過去肯定疑問句**
  ケーキはおいしいですか。（蛋糕很好吃嗎）

track 028

- **過去肯定疑問句**

　昨日のケーキはおいしかったですか。
　（昨天的蛋糕好吃嗎）

- **非過去否定句**

　1. ケーキはおいしくないです。（蛋糕不好吃）
　2. ケーキはおいしくありません。（蛋糕不好吃）

- **過去否定句**

　1. 昨日のケーキはおいしくなかったです。
　　（昨天的蛋糕不好吃）
　2. 昨日のケーキはおいしくありませんでした。
　　（昨天的蛋糕不好吃）

- **非過去否定疑問句**

　1. ケーキはおいしくないですか。（蛋糕不好吃嗎）
　2. ケーキはおいしくありませんか。（蛋糕不好吃嗎）

- **過去否定疑問句**

　1. 昨日のケーキはおいしくなかったですか。
　　（昨天的蛋糕不好吃嗎）
　2. 昨日のケーキはおいしくありませんでしたか。
　　（昨天的蛋糕不好吃嗎）

- **延伸句型**

　兄は背が高いです。（哥哥的身高很高。）

な形容詞句

な形容詞＋です
な形容詞＋名詞
な形容詞（副詞化）＋動詞
な形容詞＋形容詞
非過去肯定句
過去肯定句
非過去肯句疑問句
過去肯定疑問句
非過去否定句
過去否定句
非過去否定疑問句
過去否定疑問句
な形容詞句總覽

な形容詞＋です
元気(げんき)です
有精神

説明

描敘人、事、物時，可以單獨使用「な形容詞」，而加上「です」會較為正式和有禮貌。

例句

▶ 嫌(きら)いです。
　討厭。

▶ 静(しず)かです。
　安靜。

▶ 上手(じょうず)です。
　拿手的。

▶ 賑(にぎ)やかです。
　很熱鬧。

▶ 好(す)きです。
　喜歡。

▶ 大変(たいへん)です。
　糟了。／不得了了。

▶ 複雑(ふくざつ)です。
　很複雜。

track 跨頁共同導讀 029

な形容詞＋名詞

変な人です
奇怪的人

説　明

「な形容詞」後面加名詞時，要在形容詞後面加上「な」，才能完整表達意思，故句型如下：

AなBです
（A：な形容詞／B：名詞／です：助動詞）

例　句

▶ 静かな公園です。
　安靜的公園。

▶ 賑やかな都会です。
　熱鬧的城市。

▶ 好きなうたです。
　喜歡的歌。

▶ 大変なことです。
　辛苦的事。／糟糕的事。

▶ 複雑な問題です。
　複雜的問題。

▶ きれいな人です。
　美麗的人。

な形容詞（副詞化）＋動詞

上手（じょうず）に話（はな）します
說得很好

説　明

「な形容詞」後面加動詞時，要在形容詞後面再加上「に」，將「な形容詞」變為副詞之後，再加上動詞，句型如下：

AにB
（A：な形容詞／B：動詞）

例　句

▶静（しず）かに食（た）べます。
安靜地吃

▶上手（じょうず）になります。
變得拿手。

▶元気（げんき）に答（こた）えます。
有精神地回答。

▶好（す）きになります。
變得喜歡。

▶大変（たいへん）になります。
變得嚴重。

▶きれいに書（か）きます。
漂亮地寫。／整齊地寫。

な形容詞句

track 跨頁共同導讀 030

な形容詞＋形容詞
簡単で便利です
簡單又方便

說 明

兩個形容詞連用時，如果是「な形容詞」在前面，就要在「な形容詞」後面加上「で」，後面再加上形容詞即可（在後面的形容詞不需變化）。句型如下：

AでBです
（A：な形容詞／B：な形容詞或い形容詞／
です：助動詞）

例 句

▶ 静かできれいです。
　既文靜又漂亮。／既安靜又整齊。

▶ きれいで静かです。
　既漂亮又文靜。／既整齊又安靜。

▶ 大変で複雑です。
　既糟糕又複雜。

▶ 複雑で大変です。
　既複雜又糟糕。

▶ 元気できれいな人です。
　既有精神又漂亮的人。

な形容詞句－非過去肯定句
先生は元気です
老師很有精神

説　明

な形容詞句的非過去肯定句句型是：

AはBです
（A：名詞／は：是／B：な形容詞／です：助動詞）

例　句

▶ 発想はユニークです。
　想法很獨特。
▶ 大家さんは親切です。
　房東很親切。
▶ 仕事は大変です。
　工作很辛苦。
▶ 交通は不便です。
　交通不方便。
▶ 部屋はきれいです。
　房間很整潔。

な形容詞句－過去肯定句

先生(せんせい)は元気(げんき)でした
老師曾經很有精神

説　明

な形容詞句的過去肯定句，和名詞的過去肯定句變化方式相同，是將「です」改成「でした」；句型如下：
AはBでした

（A：名詞／は：是／B：な形容詞／でした：です的過去式）

註：い形容詞和な形容詞的過去式句型不同，可參照前面い形容詞句之章節

例　句

▶ 発想(はっそう)はユニークでした。
想法曾經很獨特。

▶ 大家(おおや)さんは親切(しんせつ)でした。
房東曾經很親切。

▶ 仕事(しごと)は大変(たいへん)でした。
工作曾經很辛苦。

▶ 交通(こうつう)は不便(ふべん)でした。
交通曾經不方便。

な形容詞句－非過去肯定疑問句

先生は元気ですか
老師有精神嗎

説　明

在非過去肯定句的後面加上表示疑問的「か」，即是「非過去肯定疑問句」，句型如下：

AはBですか
（A：名詞／は：是／B：な形容詞／です：助動詞／か：終助詞，表示疑問）

例　句

▶ 発想はユニークですか。
　想法很獨特嗎？

▶ 大家さんは親切ですか。
　房東很親切嗎？

▶ 仕事は大変ですか。
　工作很辛苦嗎？

▶ 交通は不便ですか。
　交通不方便嗎？

▶ 部屋はきれいですか。
　房間很整潔嗎？

track 跨頁共同導讀 032

な形容詞句－過去肯定疑問句

先生は元気でしたか
老師曾經很有精神嗎

說 明

在過去肯定句的後面加上表示疑問的「か」，即是「過去肯定疑問句」，句型如下：

AはBでしたか
（A：名詞／は：是／B：な形容詞／
でした：です的過去式／か：終助詞，表示疑問）

例 句

▶ 発想はユニークでしたか。
想法曾經很獨特嗎？

▶ 大家さんは親切でしたか。
房東曾經很親切嗎？

▶ 仕事は大変でしたか。
工作曾經很辛苦嗎？

▶ 交通は不便でしたか。
交通曾經不方便嗎？

▶ 部屋はきれいでしたか。
房間曾經很整潔嗎？

な形容詞句－非過去否定句

1. 先生は元気ではありません
   老師沒有精神

2. 先生は元気じゃありません
   老師沒有精神

説 明

な形容詞句的非過去否定句和名詞句相同，都是在句尾將「です」改為「ではありません」。「じゃありません」是由「ではありません」發音演變而來，故兩者間可替代使用；句型如下

1. AはBではありません
   （A：名詞／は：是／B：な形容詞／
   ではありません：です的否定形）

2. AはBじゃありません
   （A：名詞／は：是／B：な形容詞／
   じゃありません：です的否定形）

track 跨頁共同導讀 033

例 句

▶ 発想はユニークではありません。
　想法不獨特。

▶ スポーツは上手ではありません。
　運動不拿手。

▶ 大家さんは親切ではありません。
　房東不親切。

▶ 仕事は大変ではありません。
　工作不辛苦。

▶ 交通は不便じゃありません。
　交通不會不便。／交通很方便。

▶ 部屋はきれいじゃありません。
　房間不整潔。

な形容詞句－過去否定句

1. **先生は元気ではありませんでした**
   老師以前沒有精神／
   老師以前身體不太好

2. **先生は元気じゃありませんでした**
   老師以前沒有精神／
   老師以前身體不太好

説 明

な形容詞句的過去否定句和名詞句相同，都是在句尾加上「でした」。同樣的，「ではありませんでした」和「じゃありませんでした」兩者間皆可替代使用，句型如下：

1. AはBではありませんでした
   （A：名詞／は：是／B：な形容詞／
   ではありませんでした：です的過去否定形）

2. AはBじゃありませんでした
   （A：名詞／は：是／B：な形容詞／
   じゃありませんでした：です的過去否定形）

例句

▶ 発想はユニークではありませんでした。
以前想法不獨特。

▶ スポーツは上手ではありませんでした。
以前運動不拿手。

▶ 大家さんは親切ではありませんでした。
房東以前不親切。

▶ 仕事は大変ではありませんでした。
以前工作不辛苦。

▶ 交通は不便じゃありませんでした。
以前交通不會不便。／以前交通很方便。

▶ 部屋はきれいじゃありませんでした。
以前房間不整潔。

な形容詞句－非過去否定疑問句

1. **先生は元気ではありませんか**
   老師沒有精神嗎

2. **先生は元気じゃありませんか**
   老師沒有精神嗎

説明

在な形容詞句的非過去否定句的句尾，加上表示疑問的「か」，即是非過去否定疑問句，句型如下：

1. AはBではありませんか
   （A：名詞／は：是／B：な形容詞／
   ではありません：です的否定形／
   か：終助詞，表示疑問）

2. AはBじゃありませんか
   （A：名詞／は：是／B：な形容詞／
   じゃありません：です的否定形／
   か：終助詞，表示疑問）

track 跨頁共同導讀 035

例 句

▶ 発想はユニークではありませんか。
　想法不獨特嗎?
▶ スポーツは上手ではありませんか。
　運動不拿手嗎?
▶ 大家さんは親切ではありませんか。
　房東不親切嗎?
▶ 仕事は大変ではありませんか。
　工作不辛苦嗎?
▶ 交通は不便じゃありませんか。
　交通不會不便嗎?
▶ 部屋はきれいじゃありませんか。
　房間不整潔嗎?

な形容詞句－過去否定疑問句

1. 先生は元気ではありませんでしたか
   老師以前沒有精神嗎／
   老師以前身體不好嗎

2. 先生は元気じゃありませんでしたか
   老師以前沒有精神嗎／
   老師以前身體不好嗎

説明

在な形容詞句的過去否定句的句尾，加上表示疑問的「か」，即是過去否定疑問句，句型如下：

1. AはBではありませんでしたか
   （A：名詞／は：是／B：な形容詞／
   ではありませんでした：です的過去否定形／
   か：終助詞，表示疑問）

2. AはBじゃありませんでしたか
   （A：名詞／は：是／B：な形容詞／
   じゃありませんでした：です的過去否定形／
   か：終助詞，表示疑問）

track 跨頁共同導讀 036

例　句

▶ 発想はユニークではありませんでしたか。
以前想法不獨特嗎？

▶ スポーツは上手ではありませんでしたか。
以前運動不拿手嗎？

▶ 大家さんは親切ではありませんでしたか。
房東以前不親切嗎？

▶ 仕事は大変ではありませんでしたか。
以前工作不辛苦嗎？

▶ 交通は不便じゃありませんでしたか。
以前交通不會不便嗎？／以前交通很方便嗎？

▶ 部屋はきれいじゃありませんでしたか。
以前房間不整潔嗎？

な形容詞句總覽

- **な形容詞**
  まじめ。（認真的）

- **な形容詞＋です**
  まじめです。（認真的）

- **な形容詞＋名詞**
  まじめな人です。（認真的人）

- **な形容詞（轉為副詞）＋動詞**
  まじめに勉強します。（認真地學習）

- **な形容詞＋形容詞**
  まじめできれいです。（既認真又漂亮）

- **非過去肯定句**
  彼はまじめです。（他很認真）

- **過去肯定句**
  彼はまじめでした。（他以前很認真）

- **非過去肯定疑問句**
  彼はまじめですか。（他很認真嗎）

- **過去肯定疑問句**
  彼はまじめでしたか。（他以前很認真嗎）

track 跨頁共同導讀 037

● 非過去否定句
1. 彼はまじめではありません。（他不認真）
2. 彼はまじめじゃありません。（他不認真）

● 過去否定句
1. 彼はまじめではありませんでした。（他以前不認真）
2. 彼はまじめじゃありませんでした。（他以前不認真）

● 非過去否定疑問句
1. 彼はまじめではありませんか。（他不認真嗎）
2. 彼はまじめじゃありませんか。（他不認真嗎）

● 過去否定疑問句
1. 彼はまじめではありませんでしたか。
   （他以前不認真嗎）
2. 彼はまじめじゃありませんでしたか。
   （他以前不認真嗎）

動詞-基礎篇

動詞的形態
自動詞
他動詞

動詞的形態

說　明

在日語中，依照說話的對象不同，而有敬體、常體之分。「敬體」即是對長輩、上司等地位較發話者身分高的人所使用的文體。

而「常體」，則是和熟識的朋友、平輩或是晚輩使用的文體。

在溝通時，使用「敬體」是較為禮貌的，因此初學日語時，都以學習敬體基本形（丁寧語）為主。

接下來要學習的動詞變化，也是以動詞的敬體基本形「ます形」為主。

至於前面學過的名詞句、形容詞句，句尾都是用「です」或是加上「でした」，就是屬於「敬體」的一種。

對象	形態	例
地位較發話者高	尊敬語 (そんけいご) （尊敬語）	お会いする （會晤）
地位較發話者高 地位與發話者平等 (不熟悉的人)	敬體基本形 (ていねいご) （丁寧語）	会います （見面）
地位與發話者平等 (熟悉的人) 地位較發話者低	常體	会う （碰面）

自動詞

説明

自動詞指的是「自然發生的動作」。像是下雨、晴天、花開……等，都是自然發生的動作，也可以說是動作自然產生變化，而不需要受詞。

為了方便學習，在這裡的動詞都以敬體「ます形」的形式列出。

而自動詞在做肯定、否定、過去等形態的變化時，主要都是語幹不變（語幹即是動詞中ます前面的部分，如咲きます的語幹即是咲き），而只變後面「ます」的部分。註：在日語中，有些動詞既是自動又是他動，或是會有明明是靠他人完成的動作，卻用自動詞表現，初學者可以先了解動詞的意思，再依動作的主語來判別是自動詞還是他動詞。

例詞

咲きます	開花
降ります	降下／下（雨、雪）
起きます	起床
住みます	住
座ります	坐
寝ます	睡
落ちます	掉下
帰ります	回去

他動詞

説　明

他動詞指的是「可以驅使其他事物產生作用的動詞」。也可以說是因為要達成某一個目的而進行的動作。由此可知，在使用他動詞的時候，除了執行動作的主語之外，還會有一個產生動作的受詞，而使用的助詞也和自動詞不同。

以下，就先學習幾個常見的他動詞。同樣的，也是先以「ます形」的方式來呈現這些動詞。

而他動詞在做肯定、否定、過去等形態的變化時，和自動詞相同，主要都是語幹不變（語幹即是動詞中ます前面的部分，如食べます的語幹即是食べ），而只變後面「ます」的部分。

例　詞

食(た)べます	吃
読(よ)みます	閱讀
聞(き)きます	聽
落(お)とします	弄掉
見(み)ます	看
書(か)きます	寫
買(か)います	買
します	做
消(け)します	關掉

自動詞句

自動詞句－非過去肯定句
自動詞句－過去肯定句
自動詞句－非過去肯定疑問句
自動詞句－過去肯定疑問句
自動詞句－非過去否定句
自動詞句－過去否定句
自動詞句－非過去否定疑問句
自動詞句－過去否定疑問句
自動詞句－移動動詞
自動詞句－います、あります
自動詞句總覽

自動詞句－非過去肯定句
状況が変わります
狀況改變

説　明

自動詞的非過去肯定的句型是：

AがVます
（A：名詞／が：格助詞／
　Vます：自動詞的敬體基本形）

在名詞句、形容詞句中都是用「は」，但在自動詞句中，依照主語和句意的不同，格助詞會有「は」和「が」兩種不同的用法。為了方便學習，本書先用「が」為主要使用的助詞。在這裡，不妨將「が」想成是表示動作發生者，較方便記憶。

註：為方便學習，初學階段建議背誦動詞時以ます形的形式背誦。

例　句

▶雨が降ります。
　下雨。

▶人が集まります。
　人聚集。

這就是你要の
日文文法書

track 041

▶商品が届きます。
　商品寄到。

▶時計が動きます。
　時鐘運轉。

▶花が咲きます。
　花開。

▶夏休みが始まります。
　暑假開始。

▶年が加わります。
　年紀增加。

▶水がたまります。
　積水。

▶雪が溶けます。
　雪融化。

自動詞句－過去肯定句
状況が変わりました
狀況已經改變了

説明

自動詞的過去肯定句，就是要將動詞從非過去改成過去式。例如本句中的「変わります」變成了「変わりました」。即是將非過去的「ます」變成「ました」。而句中的名詞、動詞語幹（ます前面的部分）則不變。
句型為：

AがVました
（A：名詞／が：格助詞／
　Vました：自動詞的敬體基本形過去式）

例句

▶ 雨が降りました。(降ります→降りました)
  已經下雨了。

▶ 人が集まりました。(集まります→集まりました)
  人已經聚集了。

▶ 商品が届きました。(届きます→届きました)
  商品已經寄到。

▶ 時計が動きました。(動きます→動きました)
  時鐘運轉了。

▶ 花が咲きました。(咲きます→咲きました)
  花已經開了。

track 042

自動詞句－非過去肯定疑問句

状況が変わりますか
狀況會改變嗎

【說　明】

在非過去肯定句的後面，加上代表疑問的「か」即是非過去肯定疑問句。在正式文法中，疑問句的句尾是用句號而非問號。

自動詞的非過去肯定疑問句句型是：

AがVますか
　（A：名詞／が：格助詞／
　　Vます：自動詞的敬體基本形／
　　か：終助詞，表示疑問）

【例　句】

▶雨が降りますか。
　會下雨嗎？

▶人が集まりますか。
　人會聚集嗎？

▶商品が届きますか。
　商品將會寄到嗎？

▶時計が動きますか。
　時鐘會運轉嗎？

▶花が咲きますか。
　花將開嗎？

• 096 •

自動詞句－過去肯定疑問句

状況（じょうきょう）が変（か）わりましたか
狀況已經改變了嗎

説　明

在「過去肯定句」後面加上表示疑問的「か」，即是過去肯定疑問句；同樣的，在正式文法中，句尾是用句號而非問號。

自動詞的過去肯定疑問句句型是：

ＡがＶましたか
（Ａ：名詞／が：格助詞／
　Ｖました：自動詞的敬體基本形過去式／
　か：終助詞，表示疑問）

例　句

▶雨（あめ）が降（ふ）りましたか。
　已經下雨了嗎？

▶人（ひと）が集（あつ）まりましたか。
　人已經聚集了嗎？

▶商品（しょうひん）が届（とど）きましたか。
　商品已經寄到嗎了？

▶時計（とけい）が動（うご）きましたか。
　時鐘已經運轉過了嗎？

▶花（はな）が咲（さ）きましたか。
　花已經開了嗎？

這就是你要の日文文法書

track 043

自動詞句－非過去否定句

状況が変わりません
狀況將不改變

說明

自動詞句的非過去否定句，就是要將動詞從肯定改成否定。即是將肯定的「ます」變成「ません」。例如本句中的「変わります」變成了「変わりません」。而前面的名詞、動詞語幹（ます之前的部分）則不變。
句型如下：

AがVません
（A：名詞／が：格助詞／
Vません：自動詞敬體基本形的否定）

例句

▶ 雨が降りません。(降ります→降りません)
不會下雨。

▶ 人が集まりません。(集まります→集まりません)
人（將）不會聚集。

▶ 商品が届きません。(届きます→届きません)
商品不會寄到。

▶ 時計が動きません。(動きます→動きません)
時鐘不運轉。

▶ 花が咲きません。(咲きます→咲きません)
花不開。

自動詞句－過去否定句
状況が変わりませんでした
状況沒有改變

説明

自動詞句的過去否定句，只要在「非過去否定句」的句尾，加上代表過去式的「でした」即可，句型是：
AがVませんでした

（A：名詞／が：格助詞／Vませんでした：
自動詞敬體基本形的過去否定）

例句

▶ 雨が降りませんでした。
（降りません→降りませんでした）
沒有下雨。

▶ 人が集まりませんでした。
（集まりません→集まりませんでした）
人沒有聚集。

▶ 商品が届きませんでした。
（届きません→届きませんでした）
商品沒有寄到。

▶ 時計が動きませんでした。
（動きません→動きませんでした）
時鐘沒有運轉。

自動詞句－非過去否定疑問句（１）

状況が変わりませんか
狀況將不會改變嗎

説明

在自動詞句的非過去否定句後面，加上表示疑問的「か」，即是表示非過去否定疑問，句型是：

ＡがＶませんか
（Ａ：名詞／が：格助詞／
　Ｖません：自動詞敬體基本形的否定／
　か：終助詞，表示疑問）

例句

▶雨が降りませんか。
　不會下雨嗎？

▶人が集まりませんか。
　人（將）不會聚集嗎？

▶商品が届きませんか。
　商品不會寄到嗎？

▶時計が動きませんか。
　時鐘不運轉嗎？

▶花が咲きませんか。
　花不開嗎？

自動詞句－非過去否定疑問句（2）

1. **休_{やす}みませんか**
   不休息嗎／要一起休息嗎

2. **休_{やす}みましょうか**
   要不要一起休息

3. **休_{やす}みましょう**
   一起休息吧

說　明

非過去否定疑問句還有一個特別的用法，就是用在詢問對方要不要做某件事，或是邀約對方的時候。就像是中文中，邀請時會問對方「要不要～呢？」，日文也是用「～ませんか」，來表示詢問。

另外，也可以將「～ませんか」改成「～ましょうか」更加強邀約以及共同去做某事之意。除此之外，可以把「～ましょうか」的「か」去掉，也同樣是表示邀約對方共同從事某事。而這裡使用的動詞，則是自動詞、他動詞皆可。

句型如下：

track 跨頁共同導讀 044

1. Vませんか

2. Vましょうか

3. Vましょう

track 045

例　句

▶ 公園に行きませんか。
不去公園嗎？／要不要一起去公園呢？
（不確定對方要不要去而詢問）

▶ 公園に行きましょうか。
要不要一起去公園呢？
（覺得對方會想去而提出邀請）

▶ 公園に行きましょう。
一起去公園吧！
（幾乎確定對方會一起去，而提出邀請）

▶ 泳ぎませんか。
不游泳嗎？／要不要一起去游泳呢？
（不確定對方要不要游）

▶ 泳ぎましょうか。
要不要一起去游泳呢？
（覺得對方會想游）

▶ 泳ぎましょう。
一起去游泳吧！
（幾乎確定對方會去）

045 track 跨頁共同導讀

自動詞句－過去否定疑問句
状況が変わりませんでしたか
狀況沒有改變嗎

說明

在自動詞句的過去否定句後面加上代表疑問的「か」，即完成了過去否定疑問句，句型如下：

AがVませんでしたか
（A：名詞／が：格助詞／
　Vませんでした：自動詞敬體基本形的過去否定／
　か：終助詞，表示疑問）

例句

▶雨が降りませんでしたか。
　沒下雨嗎？
▶人が集まりませんでしたか。
　人沒聚集嗎？
▶商品が届きませんでしたか。
　商品沒寄到嗎？
▶時計が動きませんでしたか。
　時鐘沒運轉嗎？
▶花が咲きませんでしたか。
　花沒開嗎？

自動詞句－移動動詞（1）具有方向和目的地

行きます、来ます、帰ります

説　明

在日文的自動詞中，具有「方向感」的動詞，稱為「移動動詞」。像是來、去、走路、散步、進入、出來…等。這些動詞，因為帶有移動的意思，通常會加上移動的目地、方向或地點，而隨著動詞意思的不同，移動動詞前面會用到不同的助詞。

第一種移動動詞，就是表示來或是去，具有「固定的目的地」。這個時候，就要在目的地的後面加上助詞「に」或是「へ」。（關於助詞的用法，在助詞的篇章中也會有詳細的介紹）

移動動詞的基本句型如下：

1. AへVます
　　（A：地點／Vます：移動動詞的敬體基本形）

2. AにVます
　　（A：地點／Vます：移動動詞的敬體基本形）

例　詞

行きます（去）、来ます（來）、帰ります（回去）、通います（定期前往）、戻ります（回到）

046 **track** 跨頁共同導讀

例　句

▶ 会社へ行きます。
　去公司。

▶ 会社に行きます。
　去公司。

▶ 台湾へ来ます。
　來台灣。

▶ 台湾に来ます。
　來台灣。

▶ うちへ帰ります。
　回家。

▶ うちに帰ります。
　回家。

▶ 塾へ通います。
　上補習班。

▶ 塾に通います。
　上補習班。

自動詞句

• 105 •

track 047

自動詞句－移動動詞（２）在某範圍內移動／通過某地點

散歩します、歩きます、飛びます

説　明

第二種的移動動詞，是表示在某個範圍中移動，或是通過某地，助詞要用「を」，句型如下：

AをVます
（A：地點／Vます：移動動詞的敬體基本形）

例　詞

散歩します（散步）、歩きます（走路）、飛びます（飛）、渡ります（橫渡）、通ります（通過）

例　句

▶ 公園を散歩します。
在公園裡散步。

▶ 道を歩きます。
在路上走。／走路。

▶ 道を通ります。
通過道路。

▶ 海を渡ります。
渡海。

▶ 鳥が空を飛びます。
鳥在空中飛翔。

自動詞句－います、あります

1. **教室に先生がいます**
   きょうしつ　せんせい
   老師在教室裡／教室裡有老師在

2. **教室に机があります**
   きょうしつ　つくえ
   教室裡有桌子

説　明

「います」、「あります」在日語是很重要的兩個自動詞。在日語中，要表示「狀態」時，通常都會用到這兩個單字，兩個單字都是「有」的意思。

「います」是用來表示生物的存在，而「あります」則是用來表示非生物的存在。而在例句中，表示地點會用「に」，存在的主語後面則是用「が」，最後面再加上「います」或「あります」，便完成了句子，句型如下：

1. 生物
   AにBがいます
   （A：地點／B：名詞）

2. 非生物
   AにBがあります
   （A：地點／B：名詞）

這就是你要の日文文法書

track 048

例　句

▶ 駐車場に猫がいます。
　　（地點＋に＋生物＋います）
　停車場有貓。

▶ 駐車場に車があります。
　　（地點＋に＋非生物＋あります）
　停車場有車。

▶ 庭に兄がいます。
　　（地點＋に＋生物＋います）
　哥哥在院子裡。

▶ 庭に花があります。
　　（地點＋に＋非生物＋あります）
　院子裡有花。

自動詞句總覽

- **非過去肯定句**
  雪が降ります。（下雪）

- **過去肯定句**
  雪が降りました。（下過雪了）

- **非過去肯定疑問句**
  雪が降りますか。（會下雪嗎）

- **過去肯定疑問句**
  雪が降りましたか。（下過雪嗎）

- **非過去否定句**
  雪が降りません。（不會下雪）

- **過去否定句**
  雪が降りませんでした。（沒有下過雪）

- **非過去否定疑問句**
  雪が降りませんか。（不會下雪嗎）

- **非過去否定疑問句－詢問／邀請**
  行きませんか。（要去嗎）
  或
  行きましょうか。（要不要一起去呢）
  或
  行きましょう。（一起去吧）

這就是你要の日文文法書

track 049

- **過去否定疑問句**
  雪(ゆき)が降(ふ)りませんでしたか。（沒下過雪嗎）

- **移動動詞（1）**
  日本(にほん)へ行(い)きます。（去日本）
  或
  日本(にほん)に行(い)きます。（去日本）

- **移動動詞（2）**
  空(そら)を飛(と)びます。（在空中飛）

- **あります、います**
  部屋(へや)に犬(いぬ)がいます。（房間裡有狗）
  部屋(へや)にベッドがあります。（房間裡有床）

他動詞

他動詞句－非過去肯定句
他動詞句－過去肯定句
他動詞句－非過去肯定疑問句
他動詞句－過去肯定疑問句
他動詞句－非過去否定句
他動詞句－過去否定句
他動詞句－非過去否定疑問句
他動詞句－過去否定疑問句
他動詞句＋行きます、来ます
自動詞句與他動詞句
他動詞句總覽

他動詞句－非過去肯定句

彼(かれ)は本(ほん)を読(よ)みます
他讀書

説　明

他動詞的非過去肯定的句型是：

ＡはＢをＶます
（Ａ：動作執行者／Ｂ：受詞／
　Ｖます：他動詞的敬體基本形）

在句中，主詞的後面，除了可以用「は」也可以用「が」，端看該句子要說明的重點在何處而使用。詳細的分辨法，會在助詞篇中介紹。

例　句

▶ 妹(いもうと)は肉(にく)を食(た)べます。
　妹妹吃肉。

▶ 学生(がくせい)は宿題(しゅくだい)をします。
　學生寫功課。

▶ 私(わたし)は音楽(おんがく)を聞(き)きます。
　我聽音樂。

▶ 彼女(かのじょ)は映画(えいが)を見(み)ます。
　她看電影。

▶ 父(ちち)ははがきを書(か)きます。
　父親寫明信片。

track 跨頁共同導讀 050

他動詞句－過去肯定句
彼(かれ)は本(ほん)を読(よ)みました
他讀完書了／他讀過書了

説　明

將非過去肯定句的「ます」改成「ました」就可以把句子變成過去肯定句，其他部分則不變動，句型如下：

ＡはＢをＶました
（Ａ：動作執行者／Ｂ：受詞／
　Ｖました：他動詞敬體基本形的過去式）

例　句

▶ 妹(いもうと)は肉(にく)を食(た)べました。（食べます→食べました）
　妹妹吃過肉了。

▶ 学生(がくせい)は宿題(しゅくだい)をしました。（します→しました）
　學生寫完功課了。

▶ 昨日(きのう)私(わたし)は音楽(おんがく)を聞(き)きました。（聞きます→聞きました）
　我昨天聽音樂。

▶ 彼女(かのじょ)は映画(えいが)を見(み)ました。（見ます→見ました）
　她看過電影了。

▶ 父(ちち)ははがきを書(か)きました。（書きます→書きました）
　父親寫完明信片了。

▶ あの人(ひと)は服(ふく)を買(か)いました。（買います→買いました）
　那個人買了衣服。

他動詞句－非過去肯定疑問句

彼は本を読みますか
他讀書嗎

説　明

在非過去肯定的後面，加上表示疑問的「か」，就是非過去肯定疑問詞，句型如下：

AはBをVますか
（A：動作執行者／B：受詞／Vます：他動詞的敬體基本形／か：終助詞，表示疑問）

例　句

▶ 妹は野菜を食べますか。
　妹妹吃菜嗎？

▶ 学生はサッカーをしますか。
　學生踢足球嗎？

▶ 彼は音楽を聞きますか。
　他聽音樂嗎？

▶ 彼女はニュースを見ますか。
　她看新聞嗎？

▶ 子供は料理を作りますか。
　小孩烹飪嗎？

▶ あの人は高いものを買いますか。
　那個人要買貴的東西嗎？

他動詞

track 跨頁共同導讀 051

他動詞句－過去肯定疑問句
彼(かれ)は本(ほん)を読(よ)みましたか
他讀完書了嗎／他讀過書了嗎

説　明

在過去肯定句的句尾，加上表示疑問的「か」即完成了過去肯定疑問句，句型如下：

AはBをVましたか
（A：動作執行者／B：受詞／Vました：
他動詞敬體基本形的過去式／か：終助詞，表示疑問）

例　句

▶ 妹(いもうと)は野菜(やさい)を食(た)べましたか。
妹妹吃菜了嗎？

▶ 学生(がくせい)はサッカーをしましたか。
學生踢過足球了嗎？

▶ 彼(かれ)は音楽(おんがく)を聞(き)きましたか。
他聽過音樂了嗎？

▶ 彼女(かのじょ)はニュースを見(み)ましたか。
她看過新聞了嗎？

▶ 子供(こども)は料理(りょうり)を作(つく)りましたか。
小孩煮好菜了嗎？

▶ あの人(ひと)は高(たか)いものを買(か)いましたか。
那個人買了貴的東西嗎？

他動詞句－非過去否定句

彼は本を読みません
他不讀書

説　明

他動詞句的非過去否定句，只要將句尾的「ます」改成「ません」即可，其他的部分則不需變動，基本句型是：

AはBをVません
（A：動作執行者／B：受詞／
　Vません：他動詞敬體基本形的否定）

例　句

▶ 妹は肉を食べません。(食べます→食べません)
　妹妹不吃肉。

▶ 学生は宿題をしません。(します→しません)
　學生不寫功課。

▶ 私は音楽を聞きません。(聞きます→聞きません)
　我不聽音樂。

▶ 彼女は映画を見ません。(見ます→見ません)
　她不看電影。

▶ 父ははがきを書きません。(書きます→書きません)
　父親不寫明信片。

▶ あの人は服を買いません。(買います→買いません)
　那個人不買衣服。

他動詞句－過去否定句
彼は本を読みませんでした
他沒看書

[說 明]

他動詞句的過去否定句，只要在非過去否定的句尾加上「でした」即可，其他的部分則不需變動，句型是：

AはBをVませんでした
（A：動作執行者／B：受詞／Vませんでした：他動詞敬體基本形的過去否定）

[例 句]

▶ 妹は肉を食べませんでした。
　妹妹沒吃肉。

▶ 学生は宿題をしませんでした。
　學生沒寫功課。

▶ 私は音楽を聞きませんでした。
　我沒聽音樂。

▶ 彼女は映画を見ませんでした。
　她沒看電影。

▶ 父ははがきを書きませんでした。
　父親沒寫明信片。

▶ あの人は服を買いませんでした。
　那個人沒買衣服。

他動詞句－非過去否定疑問句（１）

彼は本を読みませんか
他不讀書嗎

說　明

在非過去否定的句子後面，加上表示疑問的「か」，即成了非過去否定疑問句。同樣的，在正式文法中，疑問句的句尾是用句號而非問號。
句型是：

ＡはＢをＶませんか
（Ａ：動作執行者／Ｂ：受詞／
　Ｖません：他動詞敬體基本形的否定／
　か：終助詞，表示疑問）

例　句

▶ 妹は肉を食べませんか。
　妹妹不吃肉嗎？

▶ 学生は宿題をしませんか。
　學生不寫功課嗎？

▶ あなたは音楽を聞きませんか。
　你不聽音樂嗎？

▶ 彼女は映画を見ませんか。
　她不看電影嗎？

▶ 田中さんははがきを書きませんか。
　田中先生不寫明信片嗎？

他動詞句－非過去否定疑問句（2）

1. 映画を見ませんか
   要看電影嗎

2. 映画を見ましょうか
   要不要一起看電影

3. 映画を見ましょう
   一起來看電影吧

説明

和自動詞相同，非過去否定疑問句還有一個特別的用法，就是用在詢問對方要不要做某件事，或是邀約對方。就像是中文中，邀請時會問對方「要不要～呢？」，日文也是用「～ませんか」，來表示詢問。另外，也可以將「～ませんか」改成「～ましょうか」更加強邀約以及共同去做某事之意。除此之外，可以把「～ましょうか」的「か」去掉，也同樣是表示邀約對方共同從事某事。而這裡使用的動詞，則是自動詞、他動詞皆可。句型如下：

1. AをVませんか

2. AをVましょうか

3. AをVましょう

054 track

例句

▶ 田中さんはコーヒーを飲みませんか。
田中先生你不喝咖啡嗎？
（禮貌詢問對方是否不想喝咖啡）

▶ 田中さん、一緒にコーヒーを飲みませんか。
田中先生，要不要一起去喝咖啡？
（不知對方想不想去而邀請對方）

▶ 田中さん、一緒にコーヒーを飲みましょうか。
田中先生，要不要一起去喝咖啡？
（覺得對方想去而發出邀請）

▶ 田中さん、一緒にコーヒーを飲みましょう。
田中先生，一起去喝咖啡吧！
（覺得對方會一起去，而提出邀請）

他動詞

track 跨頁共同導讀 054

他動詞句－過去否定疑問句

彼は本を読みませんでしたか
他沒看書嗎

說明

在過去否定句的後面，加上表示疑問的「か」即是過去否定疑問句，句型是：

AはBをVませんでしたか
（A：動作執行者／B：受詞／
　Vませんでした：他動詞敬體基本形的過去否定／
　か：終助詞，表示疑問）

例句

▶ 妹は肉を食べませんでしたか。
　妹妹沒吃肉嗎？

▶ 学生は宿題をしませんでしたか。
　學生沒寫功課嗎？

▶ あなたは音楽を聞きませんでしたか。
　你沒聽音樂嗎？

▶ 彼女は映画を見ませんでしたか。
　她沒看電影嗎？

▶ 田中さんははがきを書きませんでしたか。
　田中先生沒寫明信片嗎？

他動詞句＋行きます、来ます

1. 映画を見に行きます
   去看電影。
2. ご飯を食べに来ます
   來吃飯。

説明

在中文裡，會說「去看電影」、「來吃飯」、「去打球」等包含了「去」、「來」的句子。在日文中，也有類似的用法。

但由於「去」「來」本身就是動詞，而「看」「吃」「打」等詞也是動詞，為了不讓一個句子裡同時有兩個動詞存在，於是我們把表示目的之動詞去掉「ます」，再加上「に」以表示「去做什麼」或「來做什麼」。（助詞「に」即帶有表示目的的作用）變化的方法如下：

映画を見ます＋行きます
↓
（見ます→見＋に）
↓
映画を見に行きます

track 跨頁共同導讀 055

由上面的變化可以歸納出他動詞句＋行きます、来ます的句型是：

1. Vに行きます
（V：他動詞的語幹）
2. Vに来ます
（V：他動詞的語幹）

註：語幹即是動詞在ます之前的文字，如：食べます的語幹就是食べ。

例　句

▶ ご飯を食べに行きます。（食べます→食べ＋に）
去吃飯。

▶ サッカーをしに出かけます。（します→し＋に）
外出去踢足球。

▶ 日本へ遊びに来ました。（遊びます→遊び＋に）
來日本玩。

▶ 留学に来ました。
（除了他動詞之外，名詞亦有相同的用法：名詞＋に）
來留學。

自動詞句與他動詞句

1. **デパートが休みます**
   百貨公司休息／百貨公司沒開

2. **学校を休みます**
   向學校請假

説明

在上面的兩句例句中，用到的都是「休みます」這個動詞，但是意思卻不盡相同。第1句是百貨公司休息，那第2句為什麼不是學校休息呢？仔細觀察，即可發現是因為「助詞」不同的關係。第1句是自動詞的句型，使用的助詞是「が」，而第2句是他動詞句型，使用的助詞是「を」。

也就是說，「休みます」這個動詞，同時是他動詞，又是自動詞。這樣的例子在日文中十分常見，以下舉出較普遍使用的動詞為例。

例句

▶ あの人が笑います。
　那個人在笑。

▶ あの人を笑います。
　嘲笑那個人。

track 跨頁共同導讀 056

▶ 北風(きたかぜ)が吹(ふ)きます。
北風吹拂。

▶ 笛(ふえ)を吹(ふ)きます。
吹笛子。

▶ 臭(にお)いがします。
有臭味。

▶ 何(なに)をしますか。
要做什麼？

track 057

他動詞句總覽

● **非過去肯定句**
彼(かれ)は水(みず)を飲(の)みます。（他喝水）

● **過去肯定句**
彼(かれ)は水(みず)を飲(の)みました。（他喝了水）

● **非過去肯定疑問句**
彼(かれ)は水(みず)を飲(の)みますか。（他要喝水嗎）

● **過去肯定疑問句**
彼(かれ)は水(みず)を飲(の)みましたか。（他喝水了嗎）

126

- **非過去否定句**
  彼は水を飲みません。（他不喝水）
- **過去否定句**
  彼は水を飲みませんでした。（他沒喝水）
- **非過去否定疑問句**
  彼は水を飲みませんか。（他不喝水嗎）
- **非過去否定疑問句―詢問／邀請**
  水を飲みませんか。（不喝水嗎）
  水を飲みましょうか。（一起喝水吧）
- **過去否定疑問句**
  彼は水を飲みませんでしたか。（他沒喝水嗎）
- **他動詞句＋行きます、来ます**
  水を飲みに行きます。（去喝水）
  水を飲みに来ます。（來喝水）
- **自動詞句與他動詞句**
  風が吹きます。（風吹拂）
  口笛を吹きます。（吹口哨）

動詞－進階篇

動詞進階篇概說
I類動詞
II類動詞
III類動詞
動詞分類表

動詞進階篇概說

說　明

從本章開始,就要進入學習日語的另一階段－動詞變化。為了方便學習動詞的各種變化方法,我們必需要先熟記日語動詞的分類。日後學習的各種動詞變化方法,都是依照該動詞所屬的分類而去做變化的。因此熟記動詞所屬的分類,即是十分重要的一環。若是可以學習好動詞的分類和變化方法,對於看懂文章或是進行會話,都會更加順利。

日語中的動詞,可以分成三類,分別為Ⅰ類動詞、Ⅱ類動詞和Ⅲ類動詞。這種分法是針對學習日語的外國人而分類的。另外還有一套屬於日本國內教育或是字典上的分類法(五段動詞變化)。為了學習的方便,在本書中是以較簡易的前者為教學內容。無論是學習哪一種動詞分類方法,都能夠完整學習到日語動詞變化,所以不用擔心會有遺漏。

而Ⅰ、Ⅱ、Ⅲ類動詞的分法,則是依照動詞ます形的語幹來區別。所謂的語幹就是指ます之前的文字,比如說:「食べます」的語幹,就是「食べ」。

因此,在做動詞的分類時,都要以動詞的敬語基本形－ます形為基準,初學者背誦日語動詞時,以ます形背誦不但可以方便做動詞分類,使用起來給人的感覺也較有禮貌。

track 058

I 類動詞

説 明

在日文五十音中，帶有「i」音的稱為「い段」音，也就是「い、き、し、ち、に、ひ、み、り」等音。要判斷 I 類動詞，只要看動詞ます形的語幹部分（在ます之前的字）最後一個音是「い段」的音，多半就屬於 I 類動詞。

以「行きます」這個字為例：

行きます
（在語幹的部分，最後一個音是「き」，是屬於「い段音」）
い段音→ I 類動詞

例 詞

- **い段音（發音結尾帶有i的音）：**

  い、き、し、ち、に、ひ、み、り、ぎ、じ、ぢ、び、ぴ

- **語幹為「い」結尾：**

買います	買
使います	使用
払います	付（錢）
洗います	洗
歌います	唱歌

• 130 •

058 **track** 跨頁共同導讀

会います	會見／碰面
吸います	吸
言います	說
思います	想

● **語幹為「き」結尾：**

行きます	去
書きます	寫
聞きます	聽／問
泣きます	哭
働きます	工作
歩きます	走路
置きます	放置

● **語幹為「ぎ」結尾：**

| 泳ぎます | 游泳 |
| 脱ぎます | 脫 |

● **語幹為「し」結尾：**

| 話します | 說話 |

059 **track**

| 消します | 消除／關掉 |

track 跨頁共同導讀 059

| 貸します | 借出 |
| 返します | 返還 |

● **語幹為「ち」結尾：**

待ちます	等待
持ちます	拿著／持有
立ちます	站立

● **語幹為「に」結尾：**

| 死にます | 死亡 |

● **語幹為「び」結尾：**

遊びます	遊玩
呼びます	呼叫／稱呼
飛びます	飛

● **語幹為「み」結尾：**

飲みます	喝
読みます	讀
休みます	休息
住みます	居住

● **語幹為「り」結尾：**

| 作ります | 製作 |
| 送ります | 送 |

売(う)ります	賣
座(すわ)ります	坐下
乗(の)ります	乘坐
渡(わた)ります	渡／橫越
帰(かえ)ります	回去
入(はい)ります	進去
切(き)ります	切

II 類動詞

說 明

在五十音中，發音中帶有「e」的音，稱為「え段」音。動詞ます形的語幹中，最後一個字的發音為「え段」音的，則是屬於II類動詞。

例如：

以「食べます」這個字為例：

食(た)べます
（在語幹的部分，最後一個音是「べ」，是屬於「え段音」）
え段音→II類動詞

track 跨頁共同導讀 060

註：在II類動詞中，有部分的語幹是「い段音」結尾，卻仍歸於II類動詞中，這些就屬於例外的II類動詞。

例　詞

● **え段音：**

え、け、せ、て、ね、へ、め、れ、げ、ぜ、で、べ、ぺ

● **語幹為「え」結尾：**

教える	教導／告訴
覚える	記住
考える	思考／考慮
変える	改變

● **語幹為「け」結尾：**

開けます	打開
付けます	安裝
掛けます	掛

● **語幹為「げ」結尾：**

上げます	上升

● **語幹為「め」結尾：**

閉めます	關上
始めます	開始

- **語幹為「れ」結尾：**

忘れます	忘記
流れます	流
入れます	放入

- **語幹為「べ」結尾：**

食べます	吃
調べます	調查

- **語幹為「て」結尾：**

捨てます	丟棄

- **語幹為「で」結尾：**

出ます	出來

- **語幹為「せ」結尾：**

見せます	出示
知らせます	告知

- **語幹為「ね」結尾：**

寝ます	睡

- **例外的 II 類動詞（語幹為い段音但屬於 II 類）**

います	在

track 跨頁共同導讀 061

着_きます	穿
飽_あきます	膩／厭煩
起_おきます	起床／起來
生_いきます	生存
過_すぎます	超過
信_{しん}じます	相信
感_{かん}じます	感覺
案_{あん}じます	思考
落_おちます	掉落
似_にます	相似
煮_にます	煮
見_みます	看見
降_おります	下車
借_かります	借入
できます	辦得到
伸_のびます	延伸
浴_あびます	淋／洗

III 類動詞

説　明

III類動詞只有兩個需要記憶，分別是「来ます」和「します」。由於這兩個動詞的變化方法較為特別，因此另外列出來為III類動詞。

其中「「します」是「做」的意思，前面可以加上名詞，變成一個完整的動作。比如說「結婚」原本是名詞，加上了「します」，就帶有結婚的動詞意義。像這樣以「します」結尾的動詞，也都是屬於III類動詞。

例　詞

| 来ます | 來 |
| します | 做 |

● 名詞＋します

勉強します	念書／學習
旅行します	旅行
研究します	研究
掃除します	打掃
洗濯します	洗衣
質問します	發問
説明します	說明

track 跨頁共同導讀 062

<ruby>紹介<rt>しょうかい</rt></ruby>します	介紹
<ruby>心配<rt>しんぱい</rt></ruby>します	擔心
<ruby>結婚<rt>けっこん</rt></ruby>します	結婚
<ruby>準備<rt>じゅんび</rt></ruby>します	準備
<ruby>散歩<rt>さんぽ</rt></ruby>します	散步

動詞分類表

	I 類動詞	II 類動詞	III 類動詞
定義	語幹的最後一個字屬於「い段音」	語幹的最後一個字屬於「え段音」	来ます します
語幹最後一個字為	い、き、し、ち、に、ひ、み、り、ぎ、じ、ぢ、び、ぴ	え、け、せ、て、ね、へ、め、れ、げ、ぜ、で、べ、ぺ	
例	買(か)います 書(か)きます 泳(およ)ぎます 話(はな)します 待(ま)ちます 死(し)にます 遊(あそ)びます 飲(の)みます 作(つく)ります	教(おし)える（常體） 掛(か)けます 上(あ)げます 忘(わす)れます 食(た)べます 捨(す)てます 出(で)ます 見(み)せます 寝(ね)ます います（例外） 着(き)ます（例外）	来(き)ます します 散歩(さんぽ)します

字典形（常體非過去形）

「敬體」與「常體」
「字典形」概說
字典形－Ⅰ類動詞
字典形－Ⅱ類動詞
字典形－Ⅲ類動詞
字典型總覽

「敬體」與「常體」

説　明

日文和中文最大的不同，就在於日文依照說話對象的不同，使用的文法也會有所改變。

我們前面學過的動詞形式－「ます形」，以及在名詞句、形容詞句中用到的「です」，都是屬於「敬體」的一種。

在日文中，為了表示尊重對方，於是在句子上加了很多華麗的裝飾，「敬體」就是其中一種。如果將這些敬體都拿掉，剩下的就是句子最原本的模樣，也就是「常體」。

「敬體」是在和不熟識的平輩、長輩說話時使用；而「常體」則是用在與平輩、熟識的朋友、晚輩溝通時，另外也可以用在沒有特定對象的寫作文章中。

「常體」除了可以用在溝通上的變化之外，許多文法上的句型，也多半是應用常體做變化，因此在接下來的章節中，將介紹各種常體的變化。

字典形（常體非過去形）

	敬體	常體
定義	禮貌的說法	一般（較不禮貌）的說法
對象	長輩、不熟識的對象	熟識的對象、平輩、晚輩／寫文章
形式	名詞＋です 形容詞＋です 動詞＋ます	字典形 た形 ない形
例	食べます （吃） 食べません （不吃） 食べました （吃過了） 食べませんでした （沒吃）	食べる （吃） 食べない （不吃） 食べた （吃過了） 食べなかった （沒吃）

「字典形」概說

説　明

如果有翻過日文字典的人，應該會發現，日文字典裡的單字，動詞的部分都不是以「ます」結尾，而且就算是用ます形的語幹去查詢，也沒有辦法在字典中找到想要的動詞。這是因為字典中的動詞，都是以「常體非過去形」也就是「字典形」的形式來呈現的。

那麼，什麼是「字典形」呢？「字典形」的日文為「辞書形」，又可以稱作是「常體非過去形」。

常體也分成過去和非過去形。常體非過去形則是動詞的現在式、未來式的表現方式，也等於是動詞最原始的形式。因為「常體非過去形」是動詞最基本的模樣，所以字典在收錄動詞時便以這種形式收錄。

簡單的說，「字典形」就是「常體非過去式」；使用的方式和常體相同。

	敬體基本形－ます形	字典形
定義	比較禮貌的形式 敬體非過去形	常體非過去形
例	食べます わかります	食べる わかる

字典形（常體非過去形）

• 143 •

字典形—Ⅰ類動詞

說明

Ⅰ類動詞要變成字典形時，先把表示禮貌的「ます」去掉。再將ます形語幹的最後一個字，從同一行的「い段音」變成「う段音」，就完成了字典形的變化。
例如：

行きます
↓
行き（刪去ます）
↓
（「か」行「い段音」的「き」→「か」行「う段音」的「く」，即：ki→ku）
↓
行く

例詞

- （「い段音」→「う段音」）

書きます→書く（ki→ku）
泳ぎます→泳ぐ（gi→gu）
話します→話す（shi→su）
立ちます→立つ（chi→tsu）
呼びます→呼ぶ（bi→bu）
住みます→住む（mi→mu）

乗ります→乗る（ri→ru）
使います→使う（i→u）

字典形（常體非過去形）

例　句

▶ 学校へ行きます。（去學校）
↓
学校へ行く。

▶ プールで泳ぎます。（在游泳池游泳）
↓
プールで泳ぐ。

▶ 電車に乗ります。（搭火車）
↓
電車に乗る。

字典形－II類動詞

說　明

II類動詞要變成字典形，只需要先將動詞ます形的「ます」去掉，剩下語幹的部分後，再加上「る」，即完成了動詞的變化。

例：

食べます
↓
食べ（刪去ます）
↓
食べ＋る
↓
食べる

例　詞

- （ます→る）

教えます→教える
掛けます→掛ける
見せます→見せる
捨てます→捨てる
始めます→始める
寝ます→寝る
出ます→出る

字典形（常體非過去形）

067 track

います→いる
着ます→着る
飽きます→飽きる
起きます→起きる
生きます→生きる
過ぎます→過ぎる
似ます→似る
見ます→見る
降ります→降りる
できます→できる

例　句

▶ 野菜を食べます。（吃蔬菜）
↓
野菜を食べる。

▶ 電車を降ります。（下火車）
↓
電車を降りる。

▶ 朝早く起きます。（一大早起床）
↓
朝早く起きる。

• 147 •

字典形－III 類動詞

説明

III類動詞只有「来ます」和「します」，它們的字典形分別是：

来ます→来る（請注意發音）
します→する

名詞加します的動詞，也是相同的變化：

勉強（べんきょう）します→勉強（べんきょう）する

例詞

来（き）ます→来（く）る
します→する
勉強（べんきょう）します→勉強（べんきょう）する
洗濯（せんたく）します→洗濯（せんたく）する
質問（しつもん）します→質問（しつもん）する
説明（せつめい）します→説明（せつめい）する
紹介（しょうかい）します→紹介（しょうかい）する
心配（しんぱい）します→心配（しんぱい）する
結婚（けっこん）します→結婚（けっこん）する

例句

▶ うちに来ます。（來我家）
　↓
　うちに来る

▶ 友達と一緒に勉強します。（和朋友一起念書）
　↓
　友達と一緒に勉強する。

▶ 子供のことを心配します。（擔心孩子的事）
　↓
　子供のことを心配する。

字典形（常體非過去形）

字典形總覽

	I類動詞	II類動詞	III類動詞
ます形	書きます	食べます	来ます／します
變化方式	語幹： い段→う段	ます→る	
字典形	書く	食べる	来る／する

常體否定形（ない形）

常體否定形－Ⅰ類動詞
常體否定形－Ⅱ類動詞
常體否定形－Ⅲ類動詞
動詞常體否定形總覽

常體否定形－Ⅰ類動詞

說　明

前面學習了常體的非過去形之後，現在要學習常體非過去的否定形。Ⅰ類動詞的常體否定形，是將ます形語幹的最後一個音，從同一行的「い段音」變成「あ段音」，然後再加上「ない」，即完成常體否定形的變化。其中需要注意的是，語幹結尾若是「い」則要變成「わ」。例如：

書きます
↓
書き（刪去ます）
↓
（「か」行「い段音」的「き」→「か」行「あ段音」的「か」。即：ki→ka）
↓
書か＋ない（加上「ない」）
↓
書かない

例　詞

- (「い段音」→「あ段音」＋「ない」)

　書きます→書かない（ki→ka）
　泳ぎます→泳がない（gi→ga）
　話します→話さない（shi→sa）
　立ちます→立たない（chi→ta）

track 070

呼びます→呼ばない （bi→ba）
住みます→住まない （mi→ma）
乗ります→乗らない （ri→ra）
使います→使わない （i→wa） （特別變化）

例　句

▶ 日本に住みません。（不住日本）
↓
日本に住まない。

▶ 道具を使いません。（不用道具）
↓
道具を使わない。

▶ 友達と話しません。（不和朋友說話）
↓
友達と話さない。

常體否定形－II類動詞

説明

II類動詞的常體否定形，只要把ます形語幹的部分加上表示否定的「ない」，即完成變化。
例如：

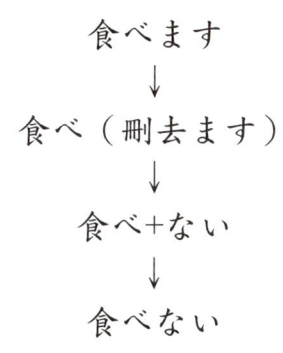

食べます
↓
食べ（刪去ます）
↓
食べ＋ない
↓
食べない

例　詞

- （ます→ない）
  教えます→教えない
  掛けます→掛けない
  見せます→見せない
  捨てます→捨てない
  始めます→始めない
  寝ます→寝ない
  出ます→出ない
  います→いない
  着ます→着ない

這就是你要の日文文法書

track 071

飽きます→飽きない
起きます→起きない
生きます→生きない
過ぎます→過ぎない
似ます→似ない
見ます→見ない
降ります→降りない
できます→できない

例 句

▶ 野菜を食べません。（不吃蔬菜）
↓
野菜を食べない。

▶ 電車を降りません。（不下火車）
↓
電車を降りない。

▶ 朝早く起きません。（不一大早起床）
↓
朝早く起きない。

常體否定形－III 類動詞

[説　明]

III類動詞的常體否定為特殊的變化方式：
来ます→来ない（請注意發音的變化）
します→しない

[例　詞]

来ます→来ない（請注意發音的變化）
します→しない
勉強します→勉強しない
洗濯します→洗濯しない
質問します→質問しない
説明します→説明しない
紹介します→紹介しない
心配します→心配しない
結婚します→結婚しない

[例　句]

▶ うちに来ません。（不來我家）
　↓
　うちに来ない。

常體否定形（ない形）

▶ 友達と一緒に勉強しません。（不和朋友一起念書）
↓
友達と一緒に勉強しない。

track 072

動詞常體否定形總覽

	I類動詞	II類動詞	III類動詞
ます形	書きます	食べます	来ます／します
變化方式	語幹い段→あ段＋ない	ます→ない	
ない形（常體否定形）	書かない	食べない	来ない／しない

使用ない形的表現

食べないでください
食べなければなりません
食べないほうがいいです

073 track

表示禁止
食べないでください
請不要吃

説明

「～ないでください」是委婉的禁止，表示請不要做某件事情，此句句型是：

Ｖないでください
（Ｖない：常體否定形）

例句

▶ タバコを吸わないでください。
請不要吸菸。

▶ この機械を使わないでください。
請不要用這臺機器。

▶ 図書館の本にメモしないでください。
請不要在圖書館的書上做筆記。

▶ 寒いので、ドアを開けないでください。
因為很冷，請不要開門。

▶ 今日は出かけないでください。
今天請不要出門。

▶ 写真を撮らないでください。
請不要拍照。

使用ない形的表現

track 跨頁共同導讀 073

表示義務

食(た)べなければなりません
非吃不可／一定要吃

説　明

「～なければなりません」是表示一定要做某件事情，帶有義務、強制、禁止的意味，此句句型是：

Ｖなければ＋なりません
（將常體否定形「Ｖない」變成「Ｖなければ」）

例　句

▶レポートを出(だ)さなければなりません。
報告不交不行。／一定要交報告。

▶お金(かね)を払(はら)わなければなりません。
不付錢不行。／一定要付錢。

▶七時(しちじ)に帰(かえ)らなければなりません。
七點前不回家不行。／七點一定要回家。

▶掃除(そうじ)しなければなりません。
不打掃不行。／一定要打掃。

▶勉強(べんきょう)しなければなりません。
不用功不行。／一定要用功。

▶仕事(しごと)を頑張(がんば)らなければなりません。
工作不努力不行。／一定要努力工作。

建議（反對意見）

食(た)べないほうがいいです
最好別吃

説　明

「～ないほうがいいです」是提供對方意見，表示不要這麼做會比較好；句型是：

Ｖない＋ほうがいいです
（Ｖない：動詞常體ない形）

註：表示建議的句型，還有另一種「Ｖたほうがいいです」，是建議對方最好要做什麼事。可參考た形篇。

例　句

▶カタカナで書(か)かないほうがいいです。
　最好別用片假名寫。

▶見(み)ないほうがいいです。
　最好不要看。

▶名前(なまえ)を書(か)かないほうがいいです。
　最好不要寫名字。

▶行(い)かないほうがいいです。
　最好不要去。

▶しないほうがいいです。
　最好不要這麼做。

常體過去形（た形）

常體過去形（た形）－I類動詞
常體過去形（た形）－II類動詞
常體過去形（た形）－III類動詞
常體過去形（た形）－否定
動詞常體過去形總覽

常體過去形（た形）－Ⅰ類動詞

説明

常體過去形又稱為た形，Ⅰ類動詞的常體過去形變化又可依照動詞ます形的語幹最後一個字，分為下列幾種：

1. 語幹最後一個字為い、ち、り→った
2. 語幹最後一個字為き、ぎ→いた、いだ
3. 語幹最後一個字為み、び、に→んだ
4. 語幹最後一個字為し→した

Ⅰ類動詞－語幹最後一個字為い、ち、り→った

買(か)います→買(か)った
払(はら)います→払(はら)った
歌(うた)います→歌(うた)った
作(つく)ります→作(つく)った
送(おく)ります→送(おく)った
売(う)ります→売(う)った
待(ま)ちます→待(ま)った
持(も)ちます→持(も)った
立(た)ちます→立(た)った
行(い)きます→行(い)った（此單字為特殊變化）

常體過去形（た形）

track 跨頁共同導讀 075

例　句

▶ 新しい携帯を買いました。（買了新手機）
↓
新しい携帯を買った。

▶ 自分で料理を作りました。（自己做了菜）
↓
自分で料理を作った。

▶ 長く待ちました。（等了很久）
↓
長く待った。

> I 類動詞－語幹最後一個字為き、ぎ→いた、いだ

書きます→書いた
聞きます→聞いた
泣きます→泣いた
歩きます→歩いた
働きます→働いた
泳ぎます→泳いだ
脱ぎます→脱いだ

例　句

▶ 小説を書きました。（寫了小說）
↓
小説を書いた。

▶学校まで歩きました。（走到學校）
　↓
　学校まで歩いた。

▶プールで泳ぎました。（在泳池游過泳）
　↓
　プールで泳いだ。

I類動詞－語幹最後一個字為み、び、に→んだ

飲みます→飲んだ
読みます→読んだ
住みます→住んだ
休みます→休んだ
飛びます→飛んだ
呼びます→呼んだ
遊びます→遊んだ
死にます→死んだ

例　句

▶昨日くすりを飲みました。（昨天吃了藥）
　↓
　昨日くすりを飲んだ。

▶公園で遊びました。（去公園玩過了）
　↓
　公園で遊んだ。

track 跨頁共同導讀 076

▶日本に住みました。（在日本住過）
　↓
　日本に住んだ。

I 類動詞－語幹最後一個字為し→した

話します→話した
消します→消した
貸します→貸した
返します→返した

例　句

▶昨日、友達と話しました。（昨天和朋友說過話）
　↓
　昨日、友達と話した。
▶電気を消しました。（把燈關了）
　↓
　電気を消した。
▶お金を貸しました。（借了錢）
　↓
　お金を貸した。
▶本を返しました。（還了書）
　↓
　本を返した。

常體過去形（た形）－II 類動詞

説明

II類動詞要變化成常體過去形，只需要把動詞ます形的語幹後面加上「た」即完成變化。
例如：

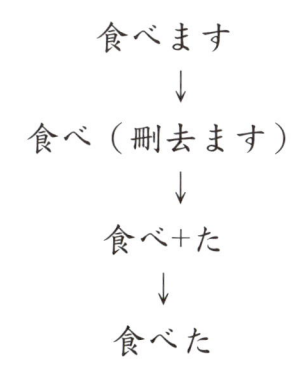

食べます
↓
食べ（刪去ます）
↓
食べ＋た
↓
食べた

例詞

● （ます→た）
教えます→教えた
掛けます→掛けた
見せます→見せた
捨てます→捨てた
始めます→始めた
寝ます→寝た
出ます→出た
います→いた

track 跨頁共同導讀 077

着ます→着た
飽きます→飽きた
起きます→起きた
生きます→生きた
過ぎます→過ぎた
似ます→似た
見ます→見た
降ります→降りた
できます→できた

例 句

▶野菜を食べました。（吃過蔬菜了）
　↓
　野菜を食べた。

▶電車を降りました。（下火車了）
　↓
　電車を降りた。

▶朝早く起きました。（一大早就起來了）
　↓
　朝早く起きた。

常體過去形（た形）－III 類動詞

説明

III類動詞為特殊的變化，變化的方法如下：

来ます→来た
します→した
勉強します→勉強した

例詞

来ます→来た
します→した
勉強します→勉強した
洗濯します→洗濯した
質問します→質問した
説明します→説明した
紹介します→紹介した
心配します→心配した
結婚します→結婚した

例　句

▶ うちに来ました。（來我家了）
　↓
　うちに来た。

▶ 友達と一緒に勉強しました。（和朋友一起念過書了）
　↓
　友達と一緒に勉強した。

▶ 子供のことを心配しました。（擔心過孩子的事了）
　↓
　子供のことを心配した。

常體過去否定形－なかった形

説　明

在前面學到了，常體非過去的否定形，字尾都是用「ない」的方式表現。
「ない」是屬於「い形容詞」。在形容詞篇中則學過「い形容詞」的過去式，因此「ない」的過去式就是「なかった」。
而常體過去形的否定，則只需要將常體過去形的字尾的「ない」改成「なかった」即可。

例如：

書かない
↓
（去掉字尾的「い」，加上「かった」）
↓
書かなかった

例　詞

- **（Ⅰ類動詞）**

  行(い)かない→行(い)かなかった

  働(はたら)かない→働(はたら)かなかった
  泳(およ)がない→泳(およ)がなかった
  話(はな)さない→話(はな)さなかった
  待(ま)たない→待(ま)たなかった
  死(し)なない→死(し)ななかった
  呼(よ)ばない→呼(よ)ばなかった
  飲(の)まない→飲(の)まなかった
  作(つく)らない→作(つく)らなかった
  買(か)わない→買(か)わなかった
  洗(あら)わない→洗(あら)わなかった

- **（Ⅱ類動詞）**

  食(た)べない→食(た)べなかった
  開(ひら)けない→開(ひら)けなかった

track 跨頁共同導讀 079

降(お)りない→降(お)りなかった
借(か)りない→借(か)りなかった
見(み)ない→見(み)なかった
着(き)ない→着(き)なかった

- （III 類動詞）

来(こ)ない→来(こ)なかった
しない→しなかった
勉強(べんきょう)しない→勉強(べんきょう)しなかった
説明(せつめい)しない→説明(せつめい)しなかった
紹介(しょうかい)しない→紹介(しょうかい)しなかった
案内(あんない)しない→案内(あんない)しなかった

track 080

例 句

▶ 昨日(きのう)、手紙(てがみ)を書(か)きませんでした。（昨天沒有寫信）
↓
昨日(きのう)、手紙(てがみ)を書(か)かなかった。

▶ 昨日(きのう)、家(いえ)を出(で)ませんでした。（昨天沒有出門）
↓
昨日(きのう)、家(いえ)を出(で)なかった。

▶ 昨日(きのう)、私(わたし)は質問(しつもん)しませんでした。（昨天我沒有問問題）
↓
昨日(きのう)、私(わたし)は質問(しつもん)しなかった。

動詞常體過去形總覽

	ます形	た形	なかった形
I類動詞	買(か)います 書(か)きます 飲(の)みます 話(はな)します	買(か)った 書(か)いた 飲(の)んだ 話(はな)した	買(か)わなかった 書(か)かなかった 飲(の)まなかった 話(はな)さなかった
II類動詞	教(おし)えます	教(おし)えた	教(おし)えなかった
III類動詞	来(き)ます します 勉強(べんきょう)します	来(き)た した 勉強(べんきょう)した	来(こ)なかった しなかった 勉強(べんきょう)しなかった

使用た形的表現

食べたことがあります
食べたほうがいいです
食べたり飲んだりします

表示經驗

食べたことがあります
有吃過

說明

「〜たことがあります」是表示有沒有做過某件事情，用來表示經歷。句型是：

Ｖた＋ことがあります
（Ｖた：動詞常體過去式）

例句

▶ 日本へ行ったことがありますか。
有去過日本嗎？

▶ サメを見たことがあります。
有看過鯊魚。

▶ この本を読んだことがあります。
有讀過這本書。

▶ 手紙を書いたことがありますか。
有寫過信嗎？

▶ 日本語で話したことがあります。
有用日文講過話。

▶ お花見に行ったことがありますか。
有去賞過花嗎？

track 082

建議

食(た)べたほうがいいです
最好是吃

說　明

「～たほうがいいです」是提供對方意見，表示這麼做會比較好。句型是：

Ｖた＋ほうがいいです
（Ｖた：動詞常體過去式）

註：表示建議的句型，還有另一種「Ｖないほうがいいです」，是建議對方最好不要做什麼事。可參考第161頁ない形篇。

例　句

▶ カタカナで書(か)いたほうがいいです。
　最好用片假名寫。

▶ 傘(かさ)を持(も)って行(い)ったほうがいいです。
　最好帶傘去。

▶ 名前(なまえ)を書(か)いたほうがいいです。
　最好寫上名字。

▶ もっと勉強(べんきょう)したほうがいいです。
　最好多用功點。

▶ そうしたほうがいいです。
　那麼做最好。

舉例

食べたり飲んだりします
吃吃喝喝

説明

「～たり～たりします」是表示做做這個、做做那個。並非同時進行，也並非有固定的順序，而是從自己做過的事情當中，挑選幾樣說出來。句型是：

Ｖ１たり＋Ｖ２たり＋します。
（Ｖ１た、Ｖ２た：動詞常體過去形）

例句

▶ 日曜日は寝たり食べたりしました。
星期日在吃吃睡睡中度過。

▶ 今日は本を読んだり絵を描いたりしました。
今天讀了書、畫了畫。

▶ 朝は洗濯したり散歩したりします。
早上會洗衣服、散步。

▶ 休日は友達に会ったり音楽を聴いたりします。
假日會和朋友見面、聽聽音樂。

▶ 毎日アニメを見たり漫画を読んだりします。
每天看看卡通，看看漫畫。

▶ 毎日掃除したりご飯を作ったりします。
每天打掃、作飯。

て形

て形－Ⅰ類動詞
て形－Ⅱ類動詞
て形－Ⅲ類動詞
動詞て形總覽

て形－Ⅰ類動詞

說明

て形是屬於接續的用法，Ⅰ類動詞的て形變化又可依照動詞ます形的語幹最後一個字，分為下列幾種：

1. 語幹最後一個字為い、ち、り→って
2. 語幹最後一個字為き、ぎ→いて、いで
3. 語幹最後一個字為み、び、に→んで
4. 語幹最後一個字為し→して

語幹最後一個字為い、ち、り→って

買(か)います→買(か)って
払(はら)います→払(はら)って
歌(うた)います→歌(うた)って
作(つく)ります→作(つく)って
送(おく)ります→送(おく)って
売(う)ります→売(う)って
待(ま)ちます→待(ま)って
持(も)ちます→持(も)って
立(た)ちます→立(た)って
行(い)きます→行(い)って（此單字特殊變化）

這就是你要的日文文法書

track 084

語幹最後一個字為き、ぎ→いて、いで

書(か)きます→書(か)いて
聞(き)きます→聞(き)いて
泣(な)きます→泣(な)いて
歩(ある)きます→歩(ある)いて
働(はたら)きます→働(はたら)いて
泳(およ)ぎます→泳(およ)いで
脱(ぬ)ぎます→脱(ぬ)いで

語幹最後一個字為み、び、に→んで

飲(の)みます→飲(の)んで
読(よ)みます→読(よ)んで
住(す)みます→住(す)んで
休(やす)みます→休(やす)んで
飛(と)びます→飛(と)んで
呼(よ)びます→呼(よ)んで
遊(あそ)びます→遊(あそ)んで
死(し)にます→死(し)んで

語幹最後一個字為し→して

話(はな)します→話(はな)して
消(け)します→消(け)して
貸(か)します→貸(か)して
返(かえ)します→返(かえ)して

て形－II 類動詞

説明

II類動詞要變化成て形，只需要把動詞ます形的語幹後面加上「て」即完成變化。
例如：

食べます
↓
食べ（去掉ます）
↓
食べて

例詞

● （ます→て）
教えます→教えて
掛けます→掛けて
見せます→見せて
捨てます→捨てて
始めます→始めて
寝ます→寝て

出ます→出て

います→いて

着ます→着て

飽きます→飽きて

起きます→起きて

生きます→生きて

過ぎます→過ぎて

似ます→似て

見ます→見て

降ります→降りて

できます→できて

て形－III 類動詞

説明

III 類動詞為特殊的變化，變化的方法如下：

来ます→来て

します→して

勉強します→勉強して

例詞

来ます→来て

します→して

勉強（べんきょう）します→勉強（べんきょう）して
洗濯（せんたく）します→洗濯（せんたく）して
質問（しつもん）します→質問（しつもん）して
説明（せつめい）します→説明（せつめい）して
紹介（しょうかい）します→紹介（しょうかい）して
心配（しんぱい）します→心配（しんぱい）して
結婚（けっこん）します→結婚（けっこん）して

086 track

動詞て形總覽

	ます形	て形
I類動詞	買（か）います 書（か）きます 飲（の）みます 話（はな）します	買（か）って 書（か）いて 飲（の）んで 話（はな）して
II類動詞	教（おし）えます	教（おし）えて
III類動詞	来（き）ます します 勉強（べんきょう）します	来（き）て して 勉強（べんきょう）して

使用て形的表現

名前を書いて、出します
授業が終わってから、外で遊びます
書いています
書いてください
書いてもいいですか
書いてはいけません
書いてほしいです
書いてあります
書いておきます
書いてみます
書いてしまいました

表示動作的先後順序

名前を書いて、出します
寫上名字後，交出去

説　明

表示動作先後的句型是：

Ｖ１て＋Ｖ２ます
（Ｖ１て：先進行的動作て形／Ｖ２：後進行的動作）

在上述的句型中，Ｖ１是表示先進行的動作，完成了Ｖ１之後，才進行Ｖ２這個動作。若是有三個以上的動作，則依照順序，把每個動詞都變成て形，最後一個動詞表示時態即可，例如：

ご飯を食べて、歯を磨いて、シャワーを浴びて、着替えて、それから寝ます。
（吃完飯後刷牙，然後洗澡、換衣服之後，去睡覺）

例　句

▶ ご飯を食べて、お皿を洗いました。
吃完飯後，洗碗。

▶ 手を洗って、ケーキを食べました。
洗完手後，吃蛋糕。

▶ 手を上げて、質問します。
舉手後發問。

使用て形的表現

表示先後順序

授業が終わってから、外で遊びます

上完課後，出去玩

說　明

「〜てから」是表示動作的完成，後面要再加接下去的另一個動作；句型是：

Ｖ１てから＋Ｖ２ます
（Ｖ１て：動詞て形／Ｖ２：接下去的動作）

例　句

▶ 電話をかけてから、出かけます。
打完電話後，就出門。

▶ 本を読んでから、作ります。
讀完書後就開始做。

▶ 仕事が終わってから、ご飯を食べます。
工作完成後就吃飯。

▶ 電気を消してから、出かけます。
關掉電燈後就出門。

▶ ライブが終わってから、食事をしました。
演唱會完了之後，去吃了飯。

狀態的持續
書いています
正在寫

說　明

「～ています」是表示動作持續或是正在進行中的狀態；句型是：

Ｖて＋います
（Ｖて：動詞て形）

例　句

▶ 木村さんは結婚しています。
　木村先生（小姐）已婚。

▶ 赤ちゃんは寝ています。
　小寶寶正在睡覺。

▶ 学生は先生と話しています
　學生正在和老師講話。

▶ 彼女は友達を待っています。
　她正在等朋友。

▶ 今は本を読んでいます。
　現在正在讀書。

▶ 朝からずっと働いています。
　從早上就一直在工作。

使用て形的表現

track 跨頁共同導讀 088

要求

書いてください
請寫

說明

「～てください」是表示請求、要求的意思；句型是：

Ｖて＋ください
（Ｖて：動詞て形）

例句

▶ ここに記入してください。
請在這裡填入。

▶ ドアを開けてください。
請打開門。

▶ 教えてください。
請教我。

▶ この文を読んでください。
請讀這個句子。

▶ 私の話を聞いてください。
請聽我說。

▶ 早く寝てください。
請早點睡。

請求許可

書いてもいいですか
可以寫嗎

說明

「〜てもいいですか」的意思是詢問可不可以做什麼事情；句型是：

Ｖて＋もいいですか
（Ｖて：動詞て形）

例句

▶タバコを吸ってもいいですか。
可以吸菸嗎？

▶ここで座ってもいいですか。
可以坐在這裡嗎？

▶写真をとってもいいですか。
可以讓我拍照嗎？

▶トイレに行ってもいいですか。
可以去洗手間嗎？

▶質問してもいいですか。
可以發問嗎？

▶テレビを見てもいいですか。
可以看電視嗎？

track 跨頁共同導讀 089

禁止

書(か)いてはいけません
不能寫

説明
「～てはいけません」是表示強烈的禁止，說明不能做某個動作，句型是：

Ｖて＋はいけません
（Ｖて：動詞て形）

例句

▶ 休(やす)んではいけません。
不能休息。

▶ 漫画(まんが)を読(よ)んではいけません。
不可以看漫畫。

▶ お酒(さけ)を飲(の)んではいけません。
不可以喝酒。

▶ カンニングしてはいけません。
不可以作弊。

▶ パソコンを使(つか)ってはいけません。
不可以用電腦。

▶ アイスを食(た)べてはいけません。
不可以吃冰。

希望

書いてほしいです
希望對方寫

説明

「〜てほしいです」是表示希望別人做某件事情，可以用在要求或是表示希望的場合；句型是：

Ｖて＋ほしいです
（Ｖて：動詞て形）

例句

▶ 大きい声で歌ってほしいです。
希望對方大聲的唱。

▶ 早く起きてほしいです。
希望對方早點起床。

▶ 社員がもっとインターネットを使ってほしいです。
希望職員能多利用網路。

▶ 子犬がもっと食べてほしいです。
希望小狗多吃點。

▶ 立ってほしいです。
希望對方站起來。

▶ ちゃんと練習してほしいです。
希望對方好好練習。

track 跨頁共同導讀 090

表示狀態

書いてあります
有寫著

說　明

「～てあります」的句型，是表示物體狀態，通常都是使用他動詞。句型是：

Ｖて＋あります
（Ｖて：動詞て形）

例　句

▸ 壁に絵が掛けてあります。
　牆上掛著畫。

▸ 部屋にポスターが張ってあります。
　房間裡貼著海報。

▸ このノートには名前が書いてあります。
　這本筆記本寫著名字。

▸ ホワイトボードに私の似顔絵が描いてあります。
　白板上畫著我的肖像畫。

▸ 教室にカメラが設置してあります。
　教室裡架設著相機。

▸ 机の上に鉢植が飾ってあります。
　桌上裝飾著盆栽。

預先完成

書いておきます
預先寫好

説明

「～ておきます」是表示預先做好某件事情的意思；句型是：

Ｖて＋おきます
（Ｖて：動詞て形）

例句

▶ 冷蔵庫に麦茶を冷やしておきました。
已經先把麥茶冰在冰箱了。

▶ 荷物を詰め込んでおきました。
已經把行李塞好了。

▶ エアコンをつけておきます。
先把冷氣開著。

▶ データを入力しておきます。
預先輸入完成資料。

▶ 文書をコピーしておきます。
事先影印好書面資料。

▶ 資料を机の上に置いておいてください。
資料請先放在桌上。

使用て形的表現

track 跨頁共同導讀 091

嘗試
書いてみます
試著寫／寫寫看

說　明

「～てみます」是表示試著去做某件事的意思，就像是中文裡會說的「試試看」「吃吃看」「寫寫看」的意思。表示嘗試的句型為：

Ｖて＋みます
（Ｖて：動詞て形）

例　句

▶日本へ行ってみます。
　去日本看看。

▶挑戦してみます。
　挑戰看看。

▶是非食べてみてください。
　請務必吃吃看。

▶一度料理を作ってみたいです。
　想試著做一次菜。

▶自分で服を作ってみました。
　試著自己做衣服。

▶空を飛んでみたいです。
　想在天空飛看看。

動作完成／不小心
書いてしまいました
寫完了／不小心寫了

説　明

「～てしまいました」是表示完成了某件事情，或是表示不小心做了某件不該做的事情，句型為：

Ｖて＋しまいます
（Ｖて：動詞て形）

例　句

▶この本を全部読んでしまいました。
　讀完這本書了。

▶彼は私のケーキを食べてしまいました。
　他把我的蛋糕吃掉了。

▶大きい声で歌ってしまいました。
　不小心大聲的唱出來。

▶コピー機が壊れてしまいました。
　影印機竟然壞了。

▶つい食べてしまいました。
　不小心吃了。

▶人の悪口をしてしまいました。
　不小心說了別人的壞話。

使用て形的表現

授受表現

私は友達からプレゼントをもらいます
私は先生からプレゼントをいただきます
私は妹にプレゼントをあげます
先生は私にプレゼントをくれます
私は先生にプレゼントをさしあげます
友達が私を手伝ってくれます
私は友達に手伝ってもらいます
私が妹を手伝ってあげます

得到

私(わたし)は友達(ともだち)からプレゼントをもらいます

從朋友那兒得到禮物

說　明

授受表現是日語中相當重要的一環。不但要弄清楚是從哪邊拿來，還要注意到對方是平輩還是長輩，而選用不同的動詞。

在例句中，「もらいます」是表示「得到」的意思，一般是用在對象是平輩或是晚輩關係上。「から」則表示是從何處得來的。此句的主詞是「私は」，因此得到東西的是主詞「我」，而得到的東西則是「プレゼント」。句型是：

主詞は＋對方から＋物品をもらいます

例　句

▶ 私(わたし)は友達(ともだち)から本(ほん)をもらいました。
我從朋友那兒得到一本書。

▶ 私(わたし)は友達(ともだち)からお土産(みやげ)をもらいました。
我從朋友那兒得到伴手禮。

▶ （私(わたし)は）友達(ともだち)から資料(しりょう)をもらいました。
（我）從朋友那兒得到資料。

授受表現

▶ 彼女は友達から手紙をもらいました。
她從朋友那兒得到了信。

▶ 彼は彼女からお守りをもらいました。
他從她那兒得到了護身符（御守）。

track 094

得到（較禮貌的說法）

私は先生からプレゼントをいただきます

從老師那兒得到了禮物

說明

「いただきます」的意思也是「得到」，但是比「もらいます」還要更有禮貌，也就是說：「いただきます」是用在授受關係發生在對象是長輩或位階比自己高的人時。「から」表示從哪裡得到的意思。
句型是：

主詞は＋對方から＋物品をいただきます

例句

▶ 私は上司からプレゼントをいただきました。
我從上司那兒得到禮物。

▶ 私は課長からお土産をいただきました。
我從課長那兒得到伴手禮。

▶ 彼は先生からペンケースをいただきました。
他從老師那兒得到了鉛筆盒。

▶ 彼女は社長から誕生日プレゼントをいただきました。
她從社長那兒得到了生日禮物。

▶ 私は先生から本をいただきました。
我從老師那兒得到了書。

給予（1）
私は妹にプレゼントをあげます
我給妹妹禮物

説　明

「あげます」是「給」的意思，是在對人敘述自己或是己方的事情時所使用的動詞。也就是主詞和動作的對象都必需是自己，或是屬於己方的人。而其中主詞的地位又比動作對象的地位高。而在句中的「に」則是表示把東西給了誰。
句型是：

主詞は＋對象に＋物品をあげます

例　句

▶ 私は弟にゲームをあげました。
我給弟弟遊戲。

track 跨頁共同導讀 094

▶ 父は妹にぬいぐるみをあげました。
　爸爸給妹妹布偶。

▶ 母は妹に洋服をあげました。
　媽媽給妹妹衣服。

▶ 私は妹に飴をあげました。
　我給妹妹糖果。

▶ 母は弟に本をあげました。
　媽媽給弟弟書。

track 095

給予（２）

先生は私にプレゼントをくれます
老師給我禮物

説　明

「くれます」也是「給」的意思，但是「くれます」使用的情況是：主詞是地位較高的人、長輩，而受詞是自己或屬於己方的人。「に」的前面，則是表示接受物品的對象。
句型是：

主詞は＋對象に＋物品をくれます
註：當受詞是發話者自己「私」的時候，無論動作的主詞是自己的家人還是對外的尊長，動詞都要用「くれます」。

例句

▶隣の人は私に本をくれました。
鄰居給我一本書。

▶先生は私にケーキをくれました。
老師給我蛋糕。

▶父は私に腕時計をくれました。
爸爸給我手錶。

▶上司は私にお土産をくれました。
上司給我伴手禮。

給予（3）

私(わたし)は先生(せんせい)にプレゼントをさしあげます

我送老師禮物

説明

「さしあげます」是用在位階較低者送東西給位階較高者時，也就是當主詞是自己，而接受禮物的人位階較高的時候，就用「さしあげます」。比如句子中，送禮物的人是「私」，而送禮的對象是「先生」因此就要用「さしあげます」來表示自己的敬意。

句型是：

主詞は＋對象に＋物品をさしあげます

例句

▶ 私(わたし)は上司(じょうし)にプレゼントをさしあげました。
我送上司禮物。

▶ 私(わたし)は課長(かちょう)にお土産(みやげ)をさしあげました。
我送課長伴手禮。

▶ 先生(せんせい)にケーキをさしあげました。
送老師蛋糕。

▶ 先生(せんせい)にお土産(みやげ)をさしあげます。
將送老師伴手禮。

幫忙（動作）

友達が私を手伝ってくれます
朋友幫我忙

說明

在授受關係中，還可以加上「て形」來表示動作的授受。比如例句中「手伝ってくれます」的主詞是「友達」，也就是朋友為我做了「手伝って」的動作。而句中的「私を」（接受的對象）在一般的對話中，通常都會省略。若是做動作的對方是地位更高的人，就要用「くださいます」。
句型是：

主詞が＋對方を＋動詞て形＋くれます

例句

▶友達が来てくれました。
朋友為我來了。

▶母が買ってくれました。
母親為我買了。

▶彼が助けてくれました。
他為我伸出援手。

▶彼女が食べてくれました。
她幫我吃了。

▶彼が書いてくれました。
他幫我寫了。

授受表現

track 跨頁共同導讀 096

接受幫忙（動作）
私は友達に手伝ってもらいます
我受到朋友的幫助

説　明

「もらいます」的前面加上「て形」是表示自己接受了對方的動作。「手伝って」表示的是對方的動作，「もらいます」則是表示自己接受的意思。若做動作的對方是地位更高的人，那麼就要用「いただきます」。而句中的主詞「私は」在對話中通常會省略。
句型是：

主詞は＋對方に＋動詞て形＋もらいます

例　句

▶ 友達に助けてもらいました。
　得到朋友的幫助。

▶ 山田さんにお金を貸してもらいました。
　山田先生借錢給我。

▶ 彼に行き方を教えてもらいました。
　他教我去的方法。

▶ 彼女に地図を描いてもらいました。
　她畫了地圖給我。

▶ 先生に来ていただきました。
　老師為了我來了。

給予幫助（動作）
私が妹を手伝ってあげます
我幫妹妹的忙

說　明

前面曾經提過「あげます」是用在比自己地位低的人，因此通常是平輩、晚輩。同樣的，「あげます」也可以配合「て形」來使用。主詞是地位較高的人，動作的對象則是地位較低的人。

句型是：

主詞が＋對象を＋動詞て形＋あげます

例　句

▶ 兄が妹に数学を教えてあげました。
哥哥教妹妹數學。

▶ 私が弟を手伝ってあげました。
我幫弟弟的忙。

▶ 私が友達に料理を作ってあげました。
我幫朋友做菜。

▶ 私が彼にごみを出してあげました。
我幫他倒垃圾。

▶ 私が彼女に嫌いな物を食べてあげました。
我幫她吃掉討厭的食物。

▶ 姉が弟に洗濯してあげました。
姊姊幫弟弟洗衣服。

授受表現

使用常體的表現

常體概說
行くらしいです
行くそうです
行くみたいです
行くようです
行くことにしました
行くことになりました
行くつもりです
行くと思います
行くだろうと思います
行くかもしれません
行くかどうかわかりません
行くんじゃないかと思います
彼は行くと言いました
彼は行くと聞いています

常體概說

說　明

「常體」即是在與平輩或是較熟識的朋友間談話時所使用的形式，也可稱為「普通形」。如同前面所介紹的，動詞、名詞、形容詞，都分成敬體和常體的形式。下面先複習一下動詞、名詞和形容詞的敬體與常體，在後面的篇章中，則介紹經常使用常體的各種表現句型。

例　詞

● 名詞

	敬體	常體
非過去	先生です	先生だ
非過去否定	先生ではありません	先生ではない
過去	先生でした	先生だった
過去否定	先生ではありませんでした	先生ではなかった

● い形容詞

	敬體	常體
非過去	おもしろいです	おもしろい
非過去否定	おもしろくないです	おもしろくない
過去	おもしろかったです	おもしろかった
過去否定	おもしろくなかったです	おもしろくなかった

● な形容詞

	敬體	常體
非過去	まじめです	まじめだ
非過去否定	まじめではありません／まじめじゃありません	まじめではない／まじめじゃない
過去	まじめでした	まじめだった
過去否定	まじめではありませんでした／まじめじゃありませんでした	まじめではなかった／まじめじゃなかった

● I類動詞（語幹最後一個字為い、ち、り）

	敬體	常體
非過去	買います	買う
非過去否定	買いません	買わない
過去	買いました	買った
過去否定	買いませんでした	買わなかった

● I類動詞（語幹最後一個字為み、び、に）

	敬體	常體
非過去	飲みます	飲む
非過去否定	飲みません	飲まない
過去	飲みました	飲んだ
過去否定	飲みませんでした	飲まなかった

使用常體的表現

● I 類動詞（語幹最後一個字為し）

	敬體	常體
非過去	話します	話す
非過去否定	話しません	話さない
過去	話しました	話した
過去否定	話しませんでした	話さなかった

● I 類動詞（語幹最後一個字為き、ぎ）

	敬體	常體
非過去	書きます	書く
非過去否定	書きません	書かない
過去	書きました	書いた
過去否定	書きませんでした	書かなかった

● II 類動詞

	敬體	常體
非過去	食べます	食べる
非過去否定	食べません	食べない
過去	食べました	食べた
過去否定	食べませんでした	食べなかった

track 跨頁共同導讀 099

● III 類動詞－来ます

	敬體	常體
非過去	来ます	来る
非過去否定	来ません	来ない
過去	来ました	来た
過去否定	来ませんでした	来なかった

● III 類動詞－します

	敬體	常體
非過去	します	する
非過去否定	しません	しない
過去	しました	した
過去否定	しませんでした	しなかった

推測

1. 行<ruby>い</ruby>くらしいです
   好像要去

2. 行<ruby>い</ruby>かないらしいです
   好像不去

説明

「らしい」是「好像」的意思，基於自己接獲的情報、資訊而做出判斷的時候，就可以用「常體」+「らしい」。但是在遇到「名詞」和「な形容詞」的時候，則要去掉常體的「だ」直接加上「らしい」。
句型是：

常體+らしいです。

例句

▶ 彼は書くらしいです。（動詞常體+らしい）
他好像要寫。

▶ 彼は書かないらしいです。（動詞常體否定+らしい）
他好像不寫。

▶ 彼女は食べるらしいです。（動詞常體+らしい）
她好像要吃。

使用常體的表現

track 跨頁共同導讀 100

▶彼女は食べないらしいです。
　（動詞常體否定＋らしい）
　她好像不吃。

▶山本さんは来るらしいです。
　（動詞常體＋らしい）
　山本先生好像要來。

▶山本さんは来ないらしいです。
　（動詞常體否定＋らしい）
　山本先生好像不來。

▶あの人は弁護士らしいです。
　（名詞だ＋らしい）
　那個人好像是律師。

▶この辺は静からしいです。
　（な形容詞だ＋らしい）
　這附近好像很安靜。

▶山田さんの娘さんは優しいらしいです。
　（い形容詞＋らしい）
　山田先生的女兒好像很溫柔。

傳聞、聽說

1. **行くそうです**
   聽說要去

2. **行かないそうです**
   聽說不去

說　明

「そう」是「聽說」的意思，表示自己從新聞、別人口中等得到的資訊，原封不動的再次轉述給別人聽時，就可以用下列句型來表示：

常體＋そうです

例　句

▶ 彼は買うそうです。（動詞常體＋そう）
聽說他要買。

▶ 彼は買わないそうです。（動詞常體否定＋そう）
聽說他不買。

▶ 田中さんは出るそうです。（動詞常體＋そう）
聽說田中先生會出席。

▶ 田中さんは出ないそうです。（動詞常體否定＋そう）
聽說田中先生不會出席。

▶ 先生は旅行するそうです。（動詞常體＋そう）
聽說老師要去旅行。

使用常體的表現

track 跨頁共同導讀 101

▶ 先生は旅行しないそうです。（動詞常體否定＋そう）
聽說老師不旅行。

▶ 田中さんは弁護士だそうです。（名詞＋だ＋そう）
聽說田中先生是律師。

▶ この辺は静かだそうです。（な形容詞＋だ＋そう）
聽說這附近很安靜。

▶ 山田さんの娘さんは優しいそうです。
　（い形容詞＋そう）
聽說山田先生的女兒很溫柔。

track 102

主觀推測
1. 行くみたいです 　　好像要去
2. 行かないみたいです 　　好像不去

說　明

「みたい」是「好像」的意思，和「らしい」不同的是，「みたい」是依據自己的觀察所做出的結論。因此在以自己意見為主的表達上，可以用「常體」＋「みたい」。但是在遇到「名詞」和「な形容詞」的時候，則要去掉常體的「だ」直接加上「みたい」。句型是：

常體＋みたいです

例句

▶ 田中さんは怒っていたみたいです。
（動詞常體過去＋みたい）
田中先生好像在生氣。

▶ 田中さんは怒っていないみたいです。
（動詞常體否定＋みたい）
田中先生好像沒有生氣。

▶ 田中君は学校を辞めたみたいです。
（動詞常體過去＋みたい）
田中好像休學了。

▶ 風邪を引いたみたいです。（動詞常體過去＋みたい）
好像感冒了。

▶ 田中さんは甘いものが嫌いみたいです。
（な形容詞だ＋みたい）
田中先生好像討厭甜食。

▶ 田中さんは辛いものが好きみたいです。
（な形容詞だ＋みたい）
田中先生好像喜歡辣的食物。

▶ あの人は近所の人みたいです。
（名詞だ＋みたい）
那個人好像是住附近的人。

▶ このレストランはいいみたいです。
（い形容詞＋みたい）
那家餐廳好像很好。

推測

1. 行くようです
   好像要去

2. 行かないようです
   好像不去

説明

「よう」的意思和「みたい」一樣，但是「よう」是比較正式的說法。而在接續的方法上，也是「常體」＋「よう」。而名詞和な形容詞的接續方法則是：「名詞」＋「の」＋「よう」；「な形容詞」＋「な」＋「よう」。句型是：

常體＋ようです

例句

▶ 彼は書くようです。（動詞常體＋よう）
　他好像要寫。

▶ 彼は書かないようです。（動詞常體否定＋よう）
　他好像不寫。

▶ きのう、五百人が集まったようです。
　（動詞常體過去＋よう）
　昨天，好像聚集了五百個人。

▶風邪を引いてしまったようです。
　（動詞常體過去＋よう）
　好像感冒了。

▶こちらのカレーのほうがちょっとおいしいようです。
　（い形容詞＋よう）
　這邊的咖哩好像比較好吃。

▶あの人は学生ではないようです。
　（名詞＋ではない＋よう）
　那個人好像不是學生。

▶あの人は学生のようです。（名詞＋の＋よう）
　那個人好像是學生。

▶田中さんは甘いものが好きなようです。
　（な形容詞＋な＋よう）
　田中先生好像喜歡吃甜食。

表示決定

1. 行(い)くことにしました
   決定要去

2. 行(い)かないことにしました
   決定不去

説明

「常體」+「こと」+「に」+「します」，是表示自己決定要做某件事情。因為是要說明已經決定的事情，因此多半是用過去式來表示，句型為：

常體＋ことにしました

例句

▶ 書(か)くことにしました。
　決定要寫。

▶ 書(か)かないことにしました。
　決定不寫。

▶ 甘(あま)いものを食(た)べないことにしました。
　決定不吃甜食。

▶ 野菜(やさい)をたくさん食(た)べることにしました。
　決定要吃很多蔬菜。

▶ 明日(あした)から毎日運動(まいにちうんどう)することにしました。
　決定明天開始要每天運動。

表示結果

1. 行くことになりました
結果要去

2. 行かないことになりました
結果不去了

說明

「ことになりました」是表示事情的結果演變成如此，是大家共同討論的結果，或者是自己無法控制的結果。如果是要接續名詞時，則要「名詞」＋「という」＋「ことになりました」。句型為：

常體＋ことになりました

例句

▶ 今度東京へ転勤することになりました。
結果這次要調職到東京。（調職非自己可控制的結果）

▶ 始末書を書くことになりました。
結果要寫悔過書。（被迫要寫）

▶ 始末書を書かないことになりました。
結果不必寫悔過書。（非自己控制的結果）

使用常體的表現

track 跨頁共同導讀 104

▶ 話し合った結果、離婚ということになりました。
　（離婚＋という＋ことになりました）
　商量的結果，決定要離婚。
　（共同決定的結果，非個人決定）

track 105

表示目的

1. 行くつもりです
　打算要去
2. 行かないつもりです
　不打算去

説明

「つもり」是「打算」「準備」的意思，表示自己打算要做某件事，或是不做某件事，句型為：

常體＋つもりです

例句

▶ 書くつもりです。
　打算要寫。

▶ 書かないつもりです。
　不打算寫。

▶ 書くつもりはありません。
沒有寫的打算。

▶ 買うつもりです。
打算買。

▶ 買わないつもりです。
不打算買。

▶ 買うつもりはありません。
沒有買的打算。

▶ 来年日本へ旅行するつもりです。
明年打算去日本旅行。

▶ 来年は旅行しないつもりです。
明年打算不旅行。

▶ 旅行するつもりはありません。
沒有去旅行的打算。

▶ 甘いものは、もう食べないつもりです。
準備從今後不再吃甜食。

使用常體的表現

track 106

表示自己的想法

1. 行くと思います
   我想會去

2. 行かないと思います
   我想不會去

説明

「思います」是表示自己主觀的看法，表示自己覺得會做什麼事；或是表達自己的意見時，表示「我覺得～」。在日語對話中，常會用「思います」委婉表達自己的意見。句型是：

常體＋と思います

例句

▶ 彼は書くと思います。（動詞常體＋と思います）
  我覺得他會寫。

▶ 彼は書かないと思います。
  （動詞常體否定＋と思います）
  我覺得他不會寫。

▶ 先生は来ると思います。（動詞常體＋と思います）
  我認為老師會來。

▶先生は来ないと思います。
　（動詞常體否定＋と思います）
　我認為老師不會來。

▶正しいと思います。（い形容詞＋と思います）
　我認為正確。

▶正しくないと思います。（い形容詞否定＋と思います）
　我認為不正確。

▶きれいだと思います。（な形容詞＋だ＋と思います）
　我覺得美麗。

▶きれいじゃないと思います。
　（な形容詞否定＋と思います）
　我覺得不美麗。

▶あの人は山田さんだと思います。
　（名詞＋だ＋と思います）
　我覺得那個人是山田先生。

▶あの人は山田さんではないと思います。
　（名詞否定＋と思います）
　我覺得那個人不是山田先生。

使用常體的表現

推測

1. 行くだろうと思います
我覺得大概會去

2. 行かないだろうと思います
我覺得大概不會去

説明

「だろう」是表示推測，也就是「大概～吧」的意思，再加上「思います」，即是「我覺得大概～吧」的意思。是表達自己的推測時所用的表現。在接續的方式上，動詞是「常體」+「だろうと思います」，而な形容詞和名詞則是去掉常體的「だ」，直接加上「だろうと思います」。

句型為：

常體＋だろうと思います

例句

▶ 明日もきっといい天気だろうと思います。
　我想明天大概也會是好天氣吧。

▶ たぶんこの辺も静かだろうと思います。
　這附近大概很安靜吧。

▶ 沖縄では、今はもう暖かいだろうと思います。
　沖繩現在大概已經很暖和了吧。

▶彼はきっと書けるだろうと思います。
我覺得他會寫吧。
▶彼はきっと書けないだろうと思います。
我覺得他不會寫吧。
▶先生は来ないだろうと思います。
我想老師應該不會來吧。
▶あの子はできないだろうと思います。
我想那個孩子應該辦不到吧。

表示可能

1. 行くかもしれません
   也許會去
2. 行かないかもしれません
   也許不會去

説　明

「かもしれません」是表示「可能」「說不定」的意思，表示自己也不確定。在接續的方式上，是「常體」＋「かもしれません」；而「名詞」和「な形容詞」則是去掉常體的「だ」再加上「かもしれません」。
句型是：

常體＋かもしれません

track 跨頁共同導讀 108

例　句

▶あの人はここの社長かもしれません。
　（名詞だ＋かもしれません）
　那個人說不定是這裡的社長。

▶そっちのほうが静かかもしれません。
　（な形容詞だ＋かもしれません）
　那邊說不定會比較安靜。

▶雪が降るかもしれません。
　（動詞常體＋かもしれません）
　說不定會下雪。

▶彼はもう寝ているかもしれません。
　（動詞常體＋かもしれません）
　他說不定已經睡了。

▶あの人は来ないかもしれません。
　（動詞常體否定＋かもしれません）
　那個人說不定不來了。

▶あの人は来るかもしれません。
　（動詞常體＋かもしれません）
　那個人說不定會來。

▶このままでいいかもしれません。
　（い形容詞＋かもしれません）
　照這樣說不定很好。

不確定

行(い)くかどうかわかりません
不知道會不會去

説明

「～かどうか」是表示「要不要～」或「會不會～」，「わかりません」則是「不知道」的意思。「～かどうかわかりません」全句意思即是「不知道會不會～」。接續的方式是「常體」＋「かどうか」，但是「名詞」和「な形容詞」則要去掉常體的「だ」再加上「かどうか」。
句型是：

常體＋かどうかわかりません

例句

▶ 書(か)くかどうかわかりません。（動詞常體＋かどうか）
不知道寫不寫。

▶ 買(か)うかどうかわかりません。（動詞常體＋かどうか）
不知道買不買。

▶ するかどうかわかりません。（動詞常體＋かどうか）
不知道做不做。

track 跨頁共同導讀 109

▶できるかどうかわかりません。
　（動詞常體＋かどうか）
　不知道辦不辦得到。

▶食べるかどうかわかりません。
　（動詞常體＋かどうか）
　不知道吃不吃。

▶来るかどうかわかりません。
　（動詞常體＋かどうか）
　不知道來不來。

▶彼は先生かどうかわかりません。
　（名詞だ＋かどうか）
　不知道他是不是老師。

▶パソコンは便利かどうかわかりません。
　（な形容詞だ＋かどうか）
　不知電腦方不方便。

▶テストは難しいかどうかわかりません。
　（い形容詞＋かどうか）
　不知道考試難不難。

主觀推測

1. 行くんじゃないかと思います
   我想是會去吧

2. 行かないんじゃないかと思います
   我想是不會去吧

説明

「～んじゃないか」是表示「不是～嗎」，用法類似於中文裡的「不是～嗎」，也就是反問的方式，如「不是他嗎」，意思其實為「是他吧」。後面加上「と思います」則表示是自己認為的想法。在接續的方式上，則是「常體」＋「んじゃないかと思います」；而「名詞」和「な形容詞」則要把常體的「だ」換成「な」再加上「んじゃないかと思います」。

句型是：

常體＋んじゃないかと思います

例句

▶ 彼は書くんじゃないかと思います。
　（動詞常體＋ん＋じゃないか）
　我想他應該會寫吧。

使用常體的表現

track 跨頁共同導讀 110

▶ 彼は書かないんじゃないかと思います。
　（動詞常體否定＋ん＋じゃないか）
　我想他應該不會寫吧。

▶ 彼は来るんじゃないかと思います。
　動詞常體＋ん＋じゃないか）
　我想他應該要來吧。

▶ 彼は来ないんじゃないかと思います。
　（動詞常體否定＋ん＋じゃないか）
　我想他應該不會來吧。

▶ 彼は会社を辞めるんじゃないかと思います。
　（動詞常體＋ん＋じゃないか）
　我想他應該會辭職吧。

▶ 彼は会社を辞めないんじゃないかと思います。
　（動詞常體否定＋ん＋じゃないか）
　我想他應該不會辭職吧。

▶ 彼は先生なんじゃないかと思います。
　（名詞＋なん＋じゃないか）
　我想他應該是老師吧。

▶ パソコンは便利なんじゃないかと思います。
　（な形容詞＋なん＋じゃないか）
　我想電腦應該很方便吧。

▶ 明日のテストは難しいんじゃないかと思います。
　（い形容詞＋ん＋じゃないか）
　明天的考試應該很難吧。

轉述

1. 彼は行くと言いました
   他說會去
2. 彼は行かないと言いました
   他說不會去

説明

「と言いました」是表示「說：～」，通常用在敘述某人說了什麼話。句型是：

常體＋と言いました

例句

▶ 彼は書くと言いました。
　（動詞常體＋と言いました）
　他說要寫。

▶ 彼は書かないと言いました。
　（動詞常體否定＋と言いました）
　他說不寫。

▶ 先生は行くと言いました。
　（動詞常體＋と言いました）
　老師說會去。

▶先生は行かないと言いました。
　（動詞常體否定＋と言いました）
　老師說不會去。
▶彼はここは静かだと言いました。
　（な形容詞＋だ＋と言いました）
　他說這裡很安靜。
▶先生は彼はいい学生だと言いました。
　（名詞＋だ＋と言いました）
　老師說他是好學生。
▶社長はおいしいと言いました。
　（い形容詞＋と言いました）
　社長說好吃。

表示聽到、聽說

1. **彼は行くと聞いています**
   聽說他要去

2. **彼は行かないと聞いています**
   聽說他不去

說明

「と聞いています」是「聽說」的意思，用在表示自己聽說了什麼事情。句型是：

常體＋と聞いています

例句

▶ 彼はレポートを出すと聞いています。
　（動詞常體＋と聞いています）
　聽說他要交報告。

▶ 彼はレポートを出さないと聞いています。
　（動詞常體否定＋と聞いています）
　聽說他不交報告。

track 跨頁共同導讀 112

▶ここは昔は公園だったと聞いています。
　（名詞常體過去＋と聞いています）
聽說這裡以前是公園。

▶先週のテストは難しかったと聞いています。
　（い形容詞過去＋と聞いています）
聽說上週的考試很難。

▶新しい携帯は便利だと聞いています。
　（な形容詞＋だ＋と聞いています）
聽說新型手機很方便。

▶田中さんの妹はかわいいと聞いています。
　（い形容詞+と聞いています）
聽說田中先生的妹妹很可愛。

▶彼の両親は医者だと聞いています。
　（名詞+だ+と聞いています）
聽說他父母都是醫生。

意量形

意量形－Ⅰ類動詞
意量形－Ⅱ類動詞
意量形－Ⅲ類動詞
意量形總覽

意量形－Ⅰ類動詞

説明

意量形又稱為「意志形」，是在表示自己本身的「意志」「意願」時所使用的形式。

Ⅰ類動詞的意量形，是將動詞ます形語幹的最後一個字，從「い段」變為「お段」，然後再加上「う」。例如：

書きます（ます形）
↓
書こ
（「か」行「い段音」的「き」→「お段音」的「こ」；
即 ki→ko）
↓
書こ＋う
（加上「う」）
↓
書こう
（完成意量形）

例詞

● （「い段音」→「お段音」＋「う」）
書きます→書こう
泳ぎます→泳ごう

track 114

話します→話そう
立ちます→立とう
呼びます→呼ぼう
住みます→住もう
乗ります→乗ろう
使います→使おう

例　句

▶ 学校へ行きます。（去學校）
　↓
　学校へ行こう。（打算去學校／去學校吧）

▶ プールで泳ぎます。（在游泳池游泳）
　↓
　プールで泳ごう。
　（打算在游泳池游泳／去游泳池游泳吧）

▶ 電車に乗ります。（坐火車）
　↓
　電車に乗ろう。（打算坐火車／去坐火車吧）

意量形－II 類動詞

説明

II類動詞的意量形，只要將動詞的ます去掉，再加上「よう」即完成變化。例如：

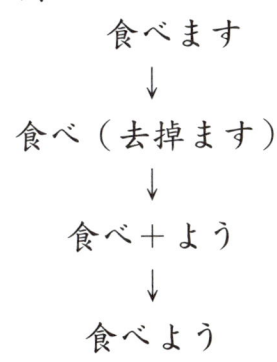

食べます
↓
食べ（去掉ます）
↓
食べ＋よう
↓
食べよう

例詞

● （ます→よう）

教えます→教えよう
掛けます→掛けよう
見せます→見せよう
捨てます→捨てよう
始めます→始めよう
寝ます→寝よう
出ます→出よう
います→いよう
着ます→着よう

這就是你要的日文文法書

track 115

飽（あ）きます→飽（あ）きよう
起（お）きます→起（お）きよう
生（い）きます→生（い）きよう
過（す）ぎます→過（す）ぎよう
見（み）ます→見（み）よう
降（お）ります→降（お）りよう

例　句

▶ 野菜（やさい）を食（た）べます。（吃蔬菜）
　↓
　野菜（やさい）を食（た）べよう。（打算吃蔬菜／吃蔬菜吧）

▶ 電車（でんしゃ）を降（お）ります。（下火車）
　↓
　電車（でんしゃ）を降（お）りよう。（打算下火車／下火車吧）

▶ 朝早（あさはや）く起（お）きます。（一大早起床）
　↓
　朝早（あさはや）く起（お）きよう。（打算早起／一起早起吧）

意量形－III 類動詞

説明

III類動詞的意量形變化方法如下：

来ます→来よう（請注意發音）
します→しよう
勉強します→勉強しよう

例詞

来ます→来よう
します→しよう
勉強します→勉強しよう
洗濯します→洗濯しよう
質問します→質問しよう
説明します→説明しよう
紹介します→紹介しよう
結婚します→結婚しよう
運動します→運動しよう
参加します→参加しよう
旅行します→旅行しよう
案内します→案内しよう
食事します→食事しよう
買い物します→買い物しよう

這就是你要の
日文文法書

track 116

例句

▶ うちに来ます。（來我家）
　↓
　うちに来よう（來我家吧）

▶ 一緒に勉強します。（一起念書）
　↓
　一緒に勉強しよう。（打算一起念書／一起念書吧）

▶ 街を案内します。（介紹附近的街道）
　↓
　街を案内しよう。
　（打算介紹附近的街道／我為你介紹附近的街道吧）

意量形總覽

	ます形	意量形	變化方式
I類動詞	書(か)きます	書(か)こう	去掉「ます」 「い段」變為 「お段」＋「う」
II類動詞	食(た)べます	食(た)べよう	去掉「ます」 ＋「よう」
III類動詞	来(き)ます	来(こ)よう	去掉「ます」 ＋「よう」
	します	しよう	去掉「ます」 ＋「よう」

使用意量形的表現

行こうか／行こう
行こうとしましたが
行こうと思っています

表示邀請、意志

1. 行(い)こうか
   要走了嗎

2. 行(い)こう
   一起走吧／我要走了

説　明

意量形除了可以用在表示自己的意志行動外，也可以用來表示請對方一起動作的意思。

在動詞的「非過去否定疑問句」中，我們曾經學過「休みましょうか」這樣的句型，意思是邀約對方「要不要一起休息？」之意，也就是請對方共同做某件事情時所使用的句型。而這樣的句型，如果要改成朋友之間「常體」的說法，就是用「意量形」的「休もう」來表示。

敬體：休みましょう
常體：休もう

例　句

▶ ワインを飲(の)みましょうか。
　喝杯葡萄酒吧？

▶ ワインを飲(の)もうか。
　喝杯葡萄酒吧？

使用意量形的表現

track 118

▶ ワインを飲もう。
　喝葡萄酒吧！

▶ じゃあ、帰りましょうか。
　那麼，要回去了嗎？／那麼，回去吧！

▶ じゃあ、帰ろうか。
　那麼，要回去了嗎？

▶ じゃあ、帰ろう。
　那麼，回去吧！

▶ さあ、食べましょう。
　那麼，開動吧！

▶ さあ、食べようか。
　那麼，開動吧！／那麼，要開動了嗎？

▶ さあ、食べよう。
　那麼，開動吧！

嘗試想要

行(い)こうとしましたが
雖然試著要去。

説　明

「意量形」＋「としました」，是表示「試著去做某件事」之意。通常加上「が」時，後面會接上相反的結果，也就是「試著去做某件事，但沒有成功」之意。可以對照下面的例句來理解此句型的意思。（下列例句中的後半皆為「可能形」，可參考「可能形」的章節。）
句型為：

意量形＋としましたが

例　句

▶ 行(い)こうとしましたが、行(い)けませんでした。
雖然試著去，但去不成。
　（が：可是／行けません：沒辦法去）

▶ 読(よ)もうとしましたが、読(よ)めませんでした。
雖然試著讀，但是沒辦法讀。
　（が：可是／読めません：沒辦法讀）

▶ 歩(ある)こうとしましたが、歩(ある)けませんでした。
雖然試著走，但是沒辦法走。
　（が：可是／歩けません：沒辦法走）

使用意量形的表現

這就是你要の日文文法書

track 119

▶ 食べようとしましたが、食べられませんでした。
雖然試著吃，但沒辦法吃。
　（が：可是／食べられません：沒辦法吃）

▶ 勉強しようとしましたが、できませんでした。
雖然試著用功，但是辦不到。
　（が：可是／できません：辦不到）

▶ 寝ようとしても、寝られません。
即使試著睡，還是睡不著。
　（としても：即使／寝られません：無法入睡）

▶ 忘れようとしても、忘れられません。
使試著忘記，還是忘不掉。
　（としても：即使／忘れられません：無法忘記）

打算去做

行こうと思っています
打算要去

説　明

「意量形」＋「と思っています」是表示「打算做某件事」的意思。在前面曾經提過「つもり」也是「打算」的意思，但不同的是，「つもり」前面是加上「常體」；「と思っています」的前面則是加上「意量形」。
句型是：

意量形＋と思っています

119 **track** 跨頁共同導讀

例 句

▶ メールを送ろうと思っています。
打算要寄電子郵件。

▶ 旅行しようと思っています。
打算去旅行。

▶ 映画を見に行こうと思っています。
打算去看電影。

▶ 今週末はサッカーをしようと思っています。
本週末打算要去踢足球。

▶ 料理を作ろうと思っています。
打算要做菜。

120 **track**

▶ もっと勉強しようと思っています。
打算更努力。

▶ 早く寝ようと思っています。
打算早點睡。

▶ 今晩この本を読もうと思っています。
今晚打算讀這本書。

▶ 友達と一緒に食事しようと思っています。
打算和朋友一起吃飯。

使用意量形的表現

• 249 •

命令形

命令形概說
命令形－I類動詞
命令形－II類動詞
命令形－III類動詞
命令形總覽

命令形概說

說　明

命令形是用在命令別人做某件事時，由於命令的口氣通常是用在對方是小孩或是自己的平輩、晚輩時，所以要注意說話的對象和場合，才不會顯得不禮貌。接下來就介紹命令形的各種變化方式。

1. 命令形－Ⅰ類動詞
2. 命令形－Ⅱ類動詞
3. 命令形－Ⅲ類動詞

命令形－Ⅰ類動詞

說　明

命令形的Ⅰ類動詞變化，是將ます形語幹最後一個字的由「い段」變成「え段」。例如：

行きます
↓
行き（去掉ます）
↓
(「か」行「い段音」的「き」→「え段音」的「け」，即 ki→ke)
↓
行け

track 跨頁共同導讀 121

例　詞

● （い段音→え段音）

書きます→書け
泳ぎます→泳げ
話します→話せ
立ちます→立て
呼びます→呼べ
住みます→住め
乗ります→乗れ
使います→使え

track 122

例　句

▶ 学校へ行きます。（去學校）
　↓
　学校へ行け。（命令你去學校！）

▶ この本を読みます。（讀這本書）
　↓
　この本を読め。（命令你讀這本書！）

▶ 電車に乗ります。（搭火車）
　↓
　電車に乗れ。（命令你去搭火車！）

命令形－II類動詞

説明

II類動詞的命令形，是將動詞ます形的ます去掉，直接加上「ろ」即可。例如：

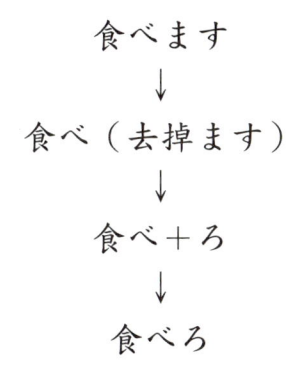

食べます
↓
食べ（去掉ます）
↓
食べ＋ろ
↓
食べろ

例詞

- （ます→ろ）
  教えます→教えろ
  掛けます→掛けろ
  見せます→見せろ
  捨てます→捨てろ
  始めます→始めろ
  飽きます→飽きろ
  起きます→起きろ

這就是你要の
日文文法書

track 123

生きます→生きろ
降ります→降りろ
見ます→見ろ
出ます→出ろ
寝ます→寝ろ
着ます→着ろ

例　句

▶野菜を食べます。（吃蔬菜）
　↓
　野菜を食べろ。（命令你吃蔬菜）

▶ここで降ります。（在這裡下車）
　↓
　ここで降りろ。（命令你在這裡下車）

▶早く起きます。（早起）
　↓
　早く起きろ。（命令你早起）

命令形－III類動詞

説明

III類動詞的命令形變化如下：
来ます→来い（注意發音）
します→しろ
勉強します→勉強しろ

例詞

来ます→来い
します→しろ
勉強します→勉強しろ
洗濯します→洗濯しろ
質問します→質問しろ
説明します→説明しろ
紹介します→紹介しろ
結婚します→結婚しろ
運動します→運動しろ
参加します→参加しろ
旅行します→旅行しろ
案内します→案内しろ
食事します→食事しろ
買い物します→買い物しろ

例句

▶ うちに来ます。（來我家）
　↓
　うちに来い（命令你來我家）

▶ 一緒に勉強します。（一起念書）
　↓
　一緒に勉強しろ。（命令你和我一起念書）

▶ 街を案内します。（介紹城市）
　↓
　街を案内しろ。（命令你介紹城市）

命令形總覽

	ます形	命令形	變化方式
I類動詞	書きます	書け	去掉「ます」 「い段」變為「え段」
II類動詞	食べます	食べろ	去掉「ます」+「ろ」
III類動詞	来ます	来い	特殊變化
	します	しろ	去掉「ます」+「ろ」

可能形

可能形概說
可能形－I類動詞
可能形－II類動詞
可能形－III類動詞
可能形總覽
可能動詞句

可能形概說

說明

可能形是用在表現自己的能力，比如說「可以做到某件事」「能夠完成某件事」時，就是用可能形來表現。下面會介紹動詞的可能形變化：
1. 可能形—I類動詞
2. 可能形—II類動詞
3. 可能形—III類動詞

可能形—I類動詞

說明

I類動詞的可能形變化和命令形很像，都是將動詞ます形的語幹，從「い段音」改成「え段音」。但是不同的是，可能形的動詞還是保有「ます」的形式。（可能形的常體則是將動詞ます形改成可能形後，再將ます改成る）

I類動詞的可能形變化如下：

行きます
↓
行けます

track 跨頁共同導讀 125

（「か」行「い段音」的「き」→「え段音」的「け」，
即 ki→ke）
↓
行ける
（行けます的常體）

例　詞

● （「い段音」→「え段音」）

書きます→書けます
泳ぎます→泳げます
話します→話せます
立ちます→立てます
呼びます→呼べます
住みます→住めます
乗ります→乗れます
使います→使えます

例　句

▶ 学校へ行きます。（去學校）
↓
学校へ行けます。（會去學校）

▶ 本を読みます。（讀書）
↓
本が読めます。（看得懂書）

▶ 電車に乗ります。（搭火車）
　↓
　電車に乗れます。（會搭火車）

可能形－II類動詞

説明

II類動詞的可能形，是將動詞ます形的「ます」改成「られます」即可。（同樣的，可能形常體則將「ます」改成「る」即可）例如：

食べます
↓
食べ＋られます
（ます→られます）
↓
食べられます
↓
食べられる
（食べられます的常體）

track 跨頁共同導讀 126

例　詞

● （ます→られます）

教えます→教えられます
掛けます→掛けられます
見せます→見せられます
捨てます→捨てられます
始めます→始められます
飽きます→飽きられます
起きます→起きられます
生きます→生きられます
降ります→降りられます
見ます→見えます／見られます
出ます→出られます
寝ます→寝られます
着ます→着られます

例　句

▶ 野菜を食べます。（吃蔬菜）
　↓
　野菜が食べられます。（可以吃蔬菜／蔬菜可以吃）

▶ ここで降ります。（在這裡下車）
　↓
　ここで降りられます。（可以在這裡下車）

▶ 早^{はや}く起^おきます。（早起）
　↓
　早^{はや}く起^おきられます。（可以早起）

可能形－III 類動詞

說　明

III類動詞的可能形變化如下：（常體只需將「ます」改成「る」即可）

来ます→来られます（注意發音）
します→できます
勉強します→勉強できます

例　詞

来^きます→来^こられます（注意發音）
します→できます
勉強^{べんきょう}します→勉強^{べんきょう}できます
洗濯^{せんたく}します→洗濯^{せんたく}できます
質問^{しつもん}します→質問^{しつもん}できます
説明^{せつめい}します→説明^{せつめい}できます
紹介^{しょうかい}します→紹介^{しょうかい}できます

track 跨頁共同導讀 127

結婚(けっこん)します→結婚(けっこん)できます
運動(うんどう)します→運動(うんどう)できます
参加(さんか)します→参加(さんか)できます
旅行(りょこう)します→旅行(りょこう)できます
案内(あんない)します→案内(あんない)できます
食事(しょくじ)します→食事(しょくじ)できます
買(か)い物(もの)します→買(か)い物(もの)できます

例　句

▶ 会社(かいしゃ)に来(き)ます。（來公司）
　↓
　会社(かいしゃ)に来(こ)られます。（可以來公司）

▶ 一緒(いっしょ)に勉強(べんきょう)します。（一起念書）
　↓
　一緒(いっしょ)に勉強(べんきょう)できます。（可以一起念書）

▶ 街(まち)を案内(あんない)します。（介紹城市）
　↓
　街(まち)が案内(あんない)できます。（能夠介紹城市）

可能形總覽

	ます形	(敬體)可能形	變化方式
I類動詞	書きます	書けます	「い段」變為「え段」
II類動詞	食べます	食べられます	語幹＋「られます」
III類動詞	来ます	来られます	語幹＋「られます」
	します	できます	特殊變化

可能動詞句

日本語が書けます

會寫日語

說明

可能動詞句的句型，基本上和自動詞句相同，需要注意的是，當「他動詞」改成「可能動詞」之後，原本「他動詞句」中，表示受詞的「を」，在「可能動詞句」中，就要變成「が」。

track 跨頁共同導讀 128

例句

▶ お酒を飲みます。
喝酒。

▶ お酒が飲めます。
可以喝酒。

▶ 家を買います。
買房子。

▶ 家が買えます。
買得起房子。

▶ 山を見ます。
看著山。

▶ 山が見えます。
可以看見山。（見えます：自然進入視野）

track 129

▶ この番組がやっと見られます。
終於可以看到這個節目。
（見られます：刻意去看而且可以看得到）

▶ 音を聞きます。
聽聲音。

▶ 音が聞こえます。
可以聽到聲音。（聞こえます：自然地聽見）

▶ 新曲がやっと聞けます。
終於可以聽到新歌了。
（聞けます：刻意去聽而可以聽見）

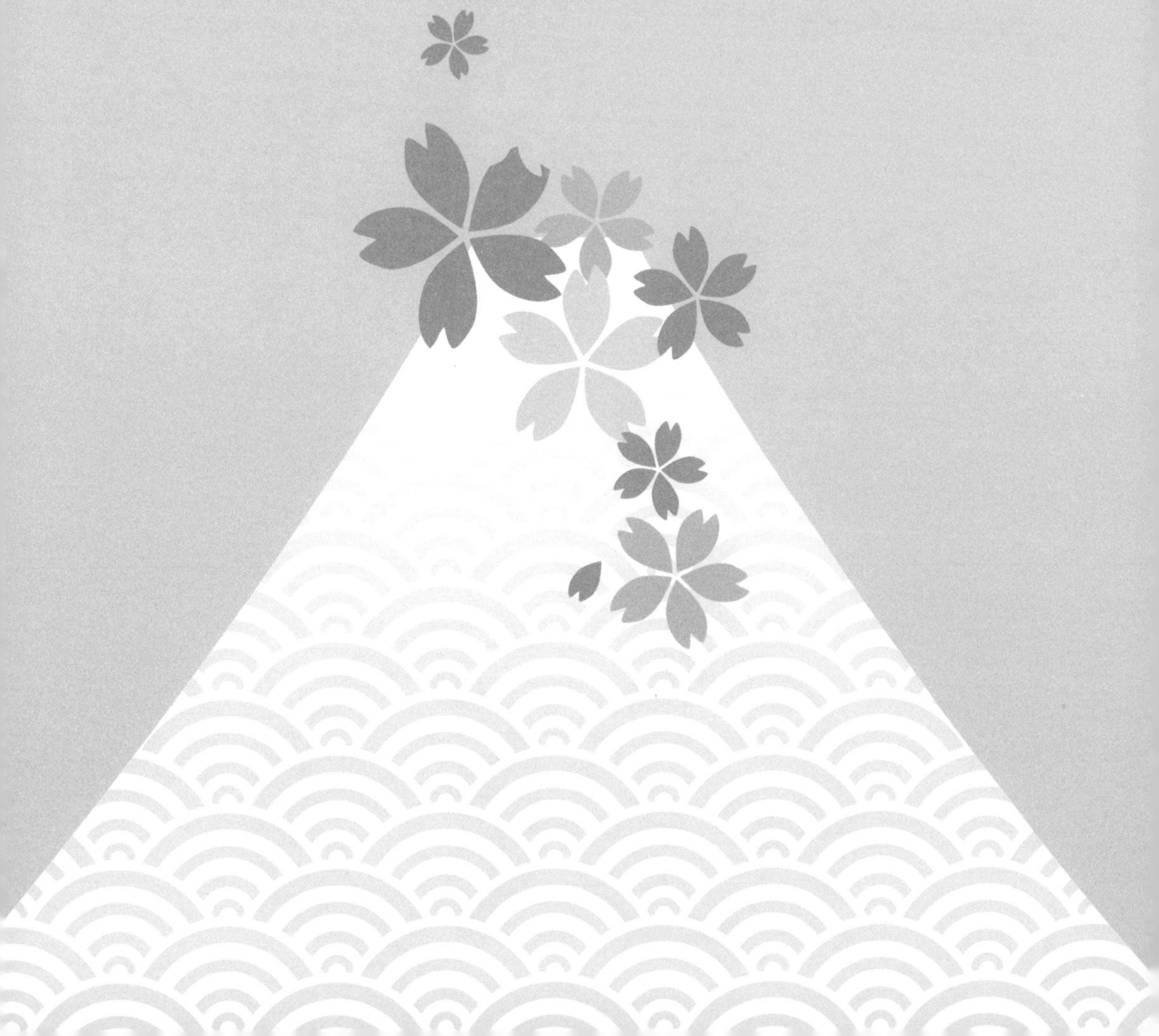

被動形

被動形－I類動詞
被動形－II類動詞
被動形－III類動詞
被動形總覽

被動形－Ⅰ類動詞

説　明

Ⅰ類動詞的被動形，是將動詞ます形的語幹，從「い段音」改成「あ段音」後，再加上「れ」。而被動形的動詞還是保有「ます」的形式。（被動形的常體則是將動詞ます形改成被動形後，再將ます改成る）

Ⅰ類動詞的被動形變化如下：

行きます
↓
行かます
（「か」行「い段音」的「き」→「あ段音」的「か」，即 ki→ka）
↓
行かれます
（在「か」的後面再加上「れ」，即完成被動形）
↓
行かれる
（行かれます的常體）

此外，若是語幹的最後一個字是「い」的時候，則不是變成「あ」而是變成「わ」，例如：
誘います（邀請）→誘われます（被邀請）

track 跨頁共同導讀 130

例　詞

● （「い段音」→「あ段音」＋「れ」）

書(か)きます→書(か)かれます
泳(およ)ぎます→泳(およ)がれます
話(はな)します→話(はな)されます
立(た)ちます→立(た)たれます
呼(よ)びます→呼(よ)ばれます
住(す)みます→住(す)まれます
乗(の)ります→乗(の)られます
使(つか)います→使(つか)われます

例　句

▶ 学校(がっこう)へ行(い)きます。（去學校）
　↓
　学校(がっこう)へ行(い)かれます。（被叫去學校）

▶ 私(わたし)が笑(わら)います。（我在笑）
　↓
　私(わたし)が笑(わら)われます。（我被別人笑）

被動形－Ⅱ類動詞

説　明

Ⅱ類動詞的被動形，和可能動詞相同，是將動詞ます形的「ます」改成「られます」即可。（同樣的，被動形常體則將「ます」改成「る」即可）例如：

食べます
↓
食べ＋られます
（ます→られます）
↓
食べられます
↓
食べられる
（食べられます的常體）

例　詞

● （ます→られます）

　教えます→教えられます
　掛けます→掛けられます
　見せます→見せられます
　捨てます→捨てられます
　始めます→始められます

track 跨頁共同導讀 131

飽きます→飽きられます
起きます→起きられます
降ります→降りられます
見ます→見られます
着ます→着られます

例　句

▶ 野菜を食べます。（吃蔬菜）
↓
彼に私の野菜を食べられました。
（我的蔬菜被他吃掉了）

▶ 私がほめます。（我稱讚別人）
↓
私がほめられます。（我被別人稱讚）

被動形 － III 類動詞

説明

III類動詞的被動形變化如下：（常體只需將「ます」改成「る」即可）

来ます→来られます（注意發音）
します→されます
勉強します→勉強されます

例詞

来ます→来られます（注意發音變化）
します→されます
勉強します→勉強されます
洗濯します→洗濯されます
質問します→質問されます
説明します→説明されます
紹介します→紹介されます
案内します→案内されます

例句

▶ うちに来ます。（來家裡）
↓
うちに来られます。（別人來家裡）

track 跨頁共同導讀 132

▶ 友^{とも}達^{だち}に紹^{しょう}介^{かい}します。（介紹給朋友）
　↓
　友^{とも}達^{だち}に紹^{しょう}介^{かい}されます。（被朋友介紹）

▶ 本^{ほん}を出^{しゅっ}版^{ぱん}します。（出版書）
　↓
　本^{ほん}が出^{しゅっ}版^{ぱん}されます。（書被出版）

track 133

被動形總覽

	ます形	(敬體)被動形	變化方式
I類動詞	書きます	書かれます	「い段」變為「あ段」＋「れ」
II類動詞	食べます	食べられます	語幹＋「られます」
III類動詞	来ます	来られます	語幹＋「られます」
	します	されます	特殊變化

使用被動形的表現

私は先生に叱られました。
私は先生にコピーを頼まれました。
私は先生にいい学生だと思われています。
私は母に早く寝るように言われました。

被動句

私は先生に叱られました
我被老師罵了

説　明

「主詞は對方に被動動詞」是最基本的被動句句型。「に」是表示被誰，而「主詞」和「被動動詞」都是表示被動一方。如「私は先生に叱られました」一句中，可以先看其中「私は叱られました」的部分是表示「我被罵了」，但是是被誰罵呢？則是從句子中的「先生に」看出來是被老師罵了。下列的例句中，就以主動和被動的對照來表示兩者的關係。
被動句型為：

主詞は＋對方に＋被動動詞

例　句

▶友達が私を笑いました。
　朋友笑我。
　（主詞：友達／受詞：私／動作：笑いました）

▶私は笑われました。
　我被笑了。
　（主詞：私／動作：笑／われました）

使用被動形的表現

track 跨頁共同導讀 134

▶ 私は友達に笑われました。
　我被朋友笑。
　　（主詞：私／對方：友達／動作：笑われました）

▶ 先生が私をほめました。
　老師稱讚我。
　　（主詞：先生／受詞：私／動作：ほめました）

▶ 私は先生にほめられました。
　我被老師稱讚。
　　（主詞：私／對方：先生／動作：ほめられました）

▶ 雨が降りました。
　下雨了。
　　（主詞：雨／動作：降りました）

▶ 私は雨に降られました。
　我被雨淋。
　　（主詞：私／對方：雨／動作：降られました）

▶ みなが田中さんを尊敬します。
　大家都尊敬田中先生。
　　（主詞：みな／受詞：田中さん／動作：尊敬します）

▶ 田中さんは（みなに）尊敬されます。
　田中先生被（大家）尊敬。
　　（主詞：田中さん／對方：みな／動作：尊敬されます）

▶ 出版社は本を出版しました。
　出版社出版書。
　　（主詞：出版社／受詞：本／動作：出版しました）

134 track 跨頁共同導讀

▶ 本は（出版社に）出版されました。
書被出版社出版。
　（主詞：本／對方：出版社／動作：出版されました）

135 track

▶ 彼はうちに来ました。
他來我家。
　（主詞：彼／動作：来ました）

▶ （私は）彼にうちに来られました。
（我被）他來家裡。
　（主詞：私／對方：彼／動作：来られました）

使用被動形的表現

被委託

私は先生にコピーを頼まれました
我被老師委託去影印

説　明

本句和前一個句型不同的是，在句中「私は頼まれました」，是表示「我被委託」，那麼是被誰委託呢，則是看「に」前面的名詞，即是「先生」；而委託的內容是什麼呢？則是看「を」前面的名詞，即是「コピー」。句型是：

主詞は＋對方に＋動作を頼まれました

• 279 •

track 跨頁共同導讀 135

例 句

▶ 私は先生に頼まれました。
我被老師委託。

▶ 私は先生に教室の掃除を頼まれました。
我被老師委託打掃教室。

▶ 私は友達に頼まれました。
我被朋友請託。

▶ 私は友達に日本語のチェックを頼まれました。
我被朋友請託校正日語。

▶ 弟が私のケーキを食べました。
弟弟吃了我的蛋糕。

track 136

▶ 私は弟にケーキを食べられました。
我被弟弟吃了我的蛋糕。

▶ 私は母に頼まれました。
我被母親委託。

▶ 私は母に買い物を頼まれました。
我被母親委託買東西。

▶ 私は母に見られました。
我被母親看見。

▶ 私は母に日記を見られました。
我被母親看了日記。

• 280 •

▶ 私は同僚に頼まれました。
我被同事委託。
▶ 私は同僚に仕事を頼まれました。
我被同事委託工作。

被認為
私は先生にいい学生だと思われています
我被老師認為是好學生

說明

「と思われています」是「と思います」的被動形，也就是「被想成是～」的意思。在「と思われています」的前面，是加上常體。至於為什麼不是用「と思われます」而是用「と思われています」呢？這是因為「被想成～」是表示一個持久既定的印象，因此用表示狀態的「ています」。
句型是：

主詞＋は＋常體＋と思われています

註：可參考第222頁「常體＋と思います」的句型。

例句

▶ 私は同僚にまじめな人(だ)と思われています。
我被同事認為是認真的人。

這就是你要の日文文法書

track 跨頁共同導讀 136

▶ 彼は上司によく働いていると思われています。
他被主管認為是很勤奮工作的人。

track 137

▶ 私は友達にいい人だと思われています。
我被朋友認為是好人。

▶ 彼女は先輩に結婚していると思われています。
她被前輩認為已婚。

▶ 彼は周りの人に短気だと思われています。
他被周圍的人認為是急性子。

▶ 私は友達に優しいと思われています。
我被朋友認為很溫柔。

被要求

私は母に早く寝るように言われました

母親叫我早點睡

說明

「～ように言われました」是表示「被要求～」的意思。「～ように」是表示期望、要求的意思，前面是用「常體」。

例句

▶ 彼は先生に静かにご飯を食べるように言われました。
他被老師說要安靜吃飯。

▶ 私は母に家事を手伝うように言われました。
我被母親說要幫忙做家事。

▶ 彼女は両親に部屋の掃除をするように言われました。
她被父母說要打掃房間。

▶ 彼は先生に毎日お風呂に入るように言われました。
他被老師說要每天洗澡。

▶ 私は父に帰った後手を洗うように言われました。
我被父親說回來後要洗手。

▶ 彼女は先生に早く宿題を出すように言われました。
她被老師說要早點交作業。

使用被動形的表現

使役形

使役形－Ⅰ類動詞
使役形－Ⅱ類動詞
使役形－Ⅲ類動詞
使役形總覽
使役句

使役形－Ⅰ類動詞

說明

所謂的使役，就是要求或讓別人做某件事情，但和命令形不同的是，使役形依照句子中助詞的不同，可以分成發出命令的人和被使役的對象。（在後面的使役句中會做介紹）

Ⅰ類動詞的使役形，是將動詞ます形的語幹，從「い段音」改成「あ段音」後，再加上「せ」。而使役形的動詞還是保有「ます」的形式。（使役形的常體則是將動詞ます形改成使役形後，再將ます改成る）

Ⅰ類動詞的使役形變化如下：

行きます
↓
行かます
（「か」行「い段音」的「き」→「あ段音」的「か」，即 ki→ka）
↓
行かせます
（在「か」的後面再加上「せ」，即完成使役形）
↓
行かせる
（行かせます的常體）

track 跨頁共同導讀 138

此外，若是語幹的最後一個字是「い」的時候，則不是變成「あ」而是變成「わ」，例如：
歌います（唱歌）→歌わせます（叫對方唱歌）

例　詞

● （「い段音」→「あ段音」＋「せ」）
　書きます→書かせます
　泳ぎます→泳がせます
　話します→話させます
　立ちます→立たせます
　呼びます→呼ばせます
　住みます→住ませます
　乗ります→乗らせます
　使います→使わせます

例　句

▶ 学校へ行きます。（去學校）
　↓
　学校へ行かせます。（叫對方去學校）

▶ 本を読みます。（讀書）
　↓
　本を読ませます。（叫對方讀書）

▶ 私が歌います。（我唱歌）
　↓
　私が歌わせます。（我叫對方唱歌）

使役形－II 類動詞

説明

II類動詞的使役形，是將動詞ます形的「ます」改成「させます」即可。（同樣的，使役形常體則將「ます」改成「る」即可）例如：

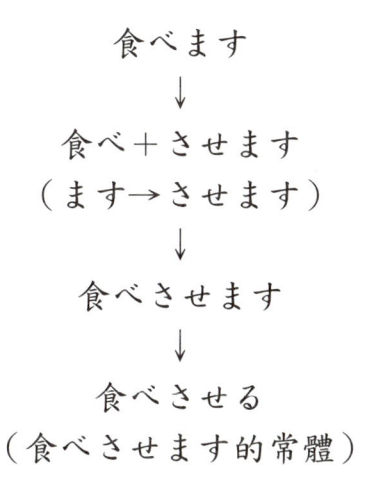

食べます
↓
食べ＋させます
（ます→させます）
↓
食べさせます
↓
食べさせる
（食べさせます的常體）

例詞

- （ます→させます）
  教えます→教えさせます
  掛けます→掛けさせます
  見せます→見せさせます
  捨てます→捨てさせます
  始めます→始めさせます

這就是你要の
日文文法書

track 139

飽きます→飽きさせます
起きます→起きさせます
降ります→降りさせます
見ます→見させます
着ます→着させます

例　句

▶野菜を食べます。（吃蔬菜）
　↓
　野菜を食べさせます。（叫對方吃蔬菜）

▶本を捨てます。（丟掉書）
　↓
　本を捨てさせます。（叫對方丟掉書）

▶私が調べます。（我調查）
　↓
　私が調べさせます。（叫對方去調查）

使役形－III 類動詞

説　明

III類動詞的使役形變化如下：（常體只需將「ます」改成「る」即可）

来ます→来させます（注意發音）
します→させます
勉強します→勉強させます

例　詞

来ます→来させます（注意發音變化）
します→させます
勉強します→勉強させます
洗濯します→洗濯させます
質問します→質問させます
説明します→説明させます
紹介します→紹介させます
案内します→案内させます

例　句

▶ここに来ます。（來這裡）
　↓
　ここに来させます。（叫對方來這裡）

▶ 友達を紹介します。（介紹朋友）
　↓
　友達を紹介させます。（叫對方介紹朋友）

▶ 数学を勉強します。（念數學）
　↓
　数学を勉強させます。（叫對方念數學）

使役形總覽

	ます形	(敬體)使役形	變化方式
I類動詞	書きます	書かせます	「い段」變為「あ段」＋せ
II類動詞	食べます	食べさせます	語幹＋「させます」
III類動詞	来ます	来させます	語幹＋「させます」
	します	させます	特殊變化

使役句

先生は学生に漢字を覚えさせました

老師叫學生記住漢字

説明

「先生は学生に漢字を覚えさせました」，此句的主詞是「先生」而受詞是「学生」內容是「漢字」，使役動詞是「覚えさせました」。句型為：

主詞は＋對象に＋內容を＋使役動詞

例句

▶ 父は弟に野菜を食べさせました。
爸爸叫弟弟吃蔬菜。

▶ 友達は私に絵を描かせました。
朋友要求我畫畫。

▶ 上司は私にレポートを作らせました。
上司要求我做報告。

▶ 友達は彼にお酒を飲ませました。
朋友叫他喝酒。

▶ 先生は私に研究室に来させました。
老師叫我來研究室。

▶ 母は私に部屋を掃除させました。
媽媽叫我打掃房間。

使役被動形

使役被動形－I類動詞
使役被動形－II類動詞
使役被動形－III類動詞
使役被動形總覽
使役被動句

使役被動形－Ⅰ類動詞

説　明

所謂的使役被動，就是被要求做某件事情，但和使役形不同的是，使役形是要求對方，而使役被動則是被要求。（在後面的使役被動句中會做介紹）

Ⅰ類動詞的使役被動形，是將動詞ます形的語幹，從「い段音」改成「あ段音」後，再加上「され」。而使役被動形的動詞還是保有「ます」的形式。（使役被動形的常體則是將動詞ます形改成使役被動形後，再將ます改成る）

Ⅰ類動詞的使役被動形變化如下：

行きます
↓
行かます
（「か」行「い段音」的「き」→「あ段音」的「か」，即 ki→ka）
↓
行かされます
（在「か」的後面再加上「され」，即完成使役被動形）
↓
行かされる
（行かされます的常體）

track 跨頁共同導讀 142

此外，若是語幹的最後一個字是「い」的時候，則不是變成「あ」而是變成「わ」，例如：
歌います（唱歌）→歌わされます（被要求唱歌／被迫唱歌）

此外，I類動詞的使役被動有兩種通用的寫法，除了上述的這種外，還有另一種是：

行きます
↓
行かます
（「か」行「い段音」的「き」→「あ段音」的「か」，即 ki→ka）
↓
行かせられます
（在「か」的後面再加上「せられ」，即完成使役被動形）
↓
行かせられる
（行かせられます的常體）

如果語幹是し結尾的I類動詞，如話します、離します等，在變成使役被動形的時候，因為「あ段＋されます」的形式念起來較不順口，所以就用「あ段＋せられます」的變化方式。

• 294 •

例　詞

- (「い段音」→「あ段音」+「され」／「せられ」)

　書きます→書かされます／書かせられます
　泳ぎます→泳がされます／泳がせられます
　話します→話させられます
　立ちます→立たされます／立たせられます
　呼びます→呼ばされます／呼ばせられます
　住みます→住まされます／住ませられます
　乗ります→乗らされます／乗らせられます
　使います→使わされます／使わせられます

例　句

▶ 学校へ行きます。（去學校）
　↓
　学校へ行かされます。（被要求去學校）

▶ 本を読みます。（讀書）
　↓
　本を読まされます。（被要求讀書）

▶ 私が歌います。（我唱歌）
　↓
　私が歌わされます。（我被要求唱歌）

使役被動形

使役被動形－II類動詞

説明

II類動詞的使役被動形，是將動詞ます形的「ます」改成「させられます」即可。（同樣的，使役被動形常體則將「ます」改成「る」即可）例如：

食べます
↓
食べ＋させられます
（ます→させられます）
↓
食べさせられます
↓
食べさせられる
（食べさせられます的常體）

例詞

● （ます→させられます）

教えます→教えさせられます
掛けます→掛けさせられます
見せます→見せさせられます
捨てます→捨てさせられます
始めます→始めさせられます

143 track

飽きます→飽きさせられます
起きます→起きさせられます
降ります→降りさせられます
見ます→見させられます
着ます→着させられます

例　句

▶野菜を食べます。（吃蔬菜）
　↓
　野菜を食べさせられます。（被要求吃蔬菜）

▶本を捨てます。（丟掉書）
　↓
　本を捨てさせられます。（被要求丟掉書）

▶私が調べます。（我調查）
　↓
　私が調べさせられます。（我被要求去調查）

使役被動形

使役被動形－III 類動詞

說　明

III類動詞的使役被動形變化如下：（常體只需將「ます」改成「る」即可）

来ます→来させられます（注意發音）
します→させられます
勉強します→勉強させられます

例　詞

来ます→来させられます
します→させられます
勉強します→勉強させられます
洗濯します→洗濯させられます
質問します→質問させられます
説明します→説明させられます
紹介します→紹介させられます
案内します→案内させられます

例　句

▶ ここに来ます。（來這裡）
　↓
　ここに来させられます。（被要求來這裡）

144 track

▶ 友達を紹介します。（介紹朋友）
　↓
　友達を紹介させられます。（被要求介紹朋友）

▶ 数学を勉強します。（念數學）
　↓
　数学を勉強させられます。（被要求念數學）

使役被動形總覽

	ます形	使役被動形	變化方式
I類動詞	書きます	書かせられます 書かされます	「い段」變為「あ段」＋「せられ」或「され」
II類動詞	食べます	食べさせられます	語幹＋「させられます」
III類動詞	来ます	来させられます	語幹＋「させられます」
	します	させられます	特殊變化

使役被動形

使役被動句

私は友達にお酒を飲まされました
我被朋友要求喝酒

説明

使役被動句通常具有強迫的意思，例句的主詞是「私」而對方（提出要求的人）是「友達」內容是「お酒」，使役被動動詞是「飲まされました」。透過下面例句，可以更了解使役被動句之間的關係；句型為：

主詞は＋對方に＋內容を使役被動動詞

例句

▶ 私はレポートを書かされました。
我被要求寫報告。

▶ 私は本を読まされました。
我被要求念書。

▶ 私は留学に行かされました。
我被要求去留學。

▶ 私は友達に刺身を食べさせられました。
我被朋友要求吃生魚片。

▶ 私は母に部屋を掃除させられました。
我被媽媽要求打掃房間。

▶ 私は早く寝させられました。
我被要求早點睡。

助詞

在日文中，助詞是扮演著主宰前後文關係、主客關係的重要角色，就像是詞和詞之間的橋梁一樣，接起了文字間的關係。而相同的文字，隨著助詞的不同，也會產生完全不同的意思。在本篇中，列出了各種常用的助詞，可以對照例句，或是前面各篇章中曾出現的句子，強化助詞的觀念。

は

説明

「は」在助詞中是很重要的存在，它指出了句子中最重要的主角所在的位置，通常找到了「は」，就等於是找到了主語。我們可以把「は」簡單分成下列幾種用法，而列舉如下：

1. 用於說明或是判斷
2. 說明主題的狀態
3. 兩者比較說明時
4. 談論前面提過的主題時
5. 限定的主題時
6. 選出一項主題加以強調

除了這幾項基本的用法外，「は」還有其他不同的用法，這裡先舉出最基本的用法。

は－用於說明或是判斷

説明

在學習名詞句、形容詞句時，可以常常看到「は」這個助詞出現。在這些句子中出現的「は」，就是用於說明或是判斷。而這其中又可以細分為表示名字、說明定義、生活中的真理、一般的習慣、發話者的判斷……等各種不同的用法。接下來，就利用下面的句子中為實際例子做學習。

track 跨頁共同導讀 146

例 句

▶ 私は田中京子です。
　我叫田中京子。（表示名字）

▶ これは椅子です。
　這是椅子。（表示定義）

▶ 冬は寒いです。
　冬天是寒冷的。（表示一般性的定理）

▶ 一分は六十秒です。
　一分鐘是六十秒。（表示一般性的定理）

▶ 先生は毎日運動します。
　老師每天都做運動。（表示習慣）

▶ ゲームは楽しいです。
　玩遊戲很開心。（表示發話者的判斷）

は－說明主題的狀態

說 明

在學習形容詞句的時候，我們曾經學習過「うさぎは耳が長いです」這樣的句子。句子中的「は」就是用來說明主題「うさぎ」的狀態，而句中的狀態就是「耳が長い」。也就是說，在這樣的句子裡，「は」後面的句子，皆是用來說明主題的狀態。

例　句

▶ 田中さんは髪が長いです。
田中小姐的頭髮很長。

（主題：田中さん／狀態：髪が長い）

▶ 弟は頭がいいです。
弟弟的腦筋很好。

（主題：弟／狀態：頭がいい）

は－兩者比較說明時

説　明

列舉兩個主題，將兩個主題同時做比較的時候，要分別比較說明兩個主題分別有什麼樣的特點之時，即是使用「は」。這樣的句子通常是前後兩個句子的句型很相似，句意也會相關或是相反。

例　句

▶ いちごは好きですが、バナナは嫌いです。
喜歡草莓，討厭香蕉。

▶ 鶏肉は食べますが、牛肉は食べません。
吃雞肉，但不吃牛肉。

は－談論前面提過的主題時

説　明

track 跨頁共同導讀 147

在談話的時候，一個主題的話題，通常不會只有一句話就結束，當第二句話的主題，還是以前一句話的主題為中心時，第二句話提到的主詞，後面助詞就要使用「は」，以表示所說的是特定的對象。比如說前一個句子提到了一隻狗，那個下個句子提到那隻狗時，後面的助詞就要用「は」

例　句

▶うちに猫がいます。その猫は白いです。
　我家有隻貓。那隻貓是白色的。

▶あそこにレストランがあります。そのレストランはまずいです。
　那裡有間餐廳。那間餐廳的菜很難吃。

は－限定的主題時

説　明

要在眾多事物中指出其中一個再加以說明時，要先指出該項事物的特點，以讓聽話的對方知道指定的主題是誰，然後找到主題後，發話者再針對主題作出說明。像這樣的情形，在面臨限定的主題時，後面就要用助詞「は」表示「限定」。

例　句

▶あの高い人はだれです。
　那個高的人是誰？
　（限定條件：あの高い／主題：人）

147 **track** 跨頁共同導讀

▶ あのきれいな携帯はだれのですか。
　那個漂亮的手機是誰的？

　　（限定條件：あのきれいな／主題：携帯）

148 **track**

は－選出一項主題加以強調

説明

在眾多的物品中，舉出其中一個加以強調時，被舉出的主題後面，就要用「は」。

例句

▶ お腹が一杯です。でもケーキは食べたいです。

　（お腹が一杯です：吃得很飽。／でも：但是）
　已經吃飽了。但是還想吃蛋糕。（吃飽了理應吃不下其他東西，但在眾多食物中舉出蛋糕這項主題，強調有蛋糕的話，就會想吃）

▶ 肉が嫌いですが、魚は食べます。
　不喜歡吃肉，但是吃魚。（雖然討厭肉類，但是從肉類中舉出魚為主題，強調會吃魚肉）

助詞

track 跨頁共同導讀 148

が

説明

「が」在句子中，多半是和「は」一樣放在主語的後面，但使用「が」時的句意略有不同。另外，當「が」放在句尾的時候，又有截然不同的意思。在此，將「が」大致分為以下幾種用法：

1. 在自動詞句的主語後面
2. 表示某主題的狀態
3. 表示對話中首次出現的主題
4. 表示能力
5. 表示心中感覺
6. 表示感覺
7. 表示所屬關係
8. 逆接
9. 開場
10. 兩個主題並列

が－在自動詞句的主語後面

説明

在自動詞句篇中學到的自動詞句，都是在主語後面使用「が」。（若遇到特殊的情形，也會有使用「は」的句子，但在此以一般的情況為主，以方便記憶）

例　句

▶ 商店街に人が大勢います。
　商店街有大批的人潮。（表示存在）

▶ 雪が降ります。
　下雪。（表示自然現象）

▶ 電車が来ます。
　電車來了。（表示事物的現象）

▶ デパートでみんなが買い物します。
　大家在百貨公司買東西。（表示人的行為）

が－表示某主題的狀態

説　明

在學習形容詞句的時候，我們曾經學習過「うさぎは耳が長いです」這樣的句子。在句子中「うさぎ」是敘述的主題，而「耳が長い」則是表示其狀態，因為句子中同時有兩個主語，所以後面表示敘述的主語就會使用「が」。

例　句

▶ キリンは首が長いです。
　長頸鹿的脖子很長。

が－表示對話中首次出現的主題

track 跨頁共同導讀 149

說明

前面學習「は」的時候，說過在對話中的主題出現第二次時，就要使用「は」。那麼在第一次出現時，則是要使用「が」來提示對方這個主題的存在，說明這是話題中第一次出現這個主題。

例句

▶ そこに白い椅子があります。それはいくらですか。
那裡有張白色的椅子。那張椅子多少錢呢？

▶ あそこにきれいな女の人がいます。あの人は私の母です。
那裡有一位美麗的女人。那個人就是我母親。

が－表示能力

說明

在句子中，要表示自己有能力可以做到什麼事情，在敘述這件事情時就要用「が」。例如：會彈琴、會打球、擅長、不擅長、理解……等，這樣動作依照前面學過的文法，應該都是他動詞，但是因為要表示能夠做到這些事，於是都是用「が」來表示。（句中的動詞則為可能形）

例句

▶ 私は野球ができます。（できます：辦得到）
我會打棒球。

▶ 彼女は日本語が話せます。
她會說日文。

が－表示心中感覺

說明

在句子中表示自己的喜好、不安、願望、要求、希望、關心…等心中的感覺時，在表示關心的事物後面，是用「が」來表示。值得注意的是，在句中用到的動詞，前面主要都是和「が」連用。另外，表示心中感覺的句子，通常都是以「我」為主角。若主詞是「你」時，通常是疑問句，而主詞是「第三人稱」時，則有特殊變化的句型，不屬於此分類。

例句

▶ 私は釣りが好きです。（好き：喜歡）
我喜歡釣魚。

▶ あなたは魚が嫌いですか。（嫌い：討厭）
你不喜歡魚嗎？

track 跨頁共同導讀 150

が－表示感覺

說　明

在句子中要表現視覺、聽覺、味覺、觸覺、嗅覺、預感等感覺時，要在感覺到的事物後面加上助詞「が」。

例　句

▶ここから学校が見えます。
　從這裡可以看見學校。（視覺）

▶チャイムが聞こえます。
　可以聽到鐘聲。（聽覺）

▶変なにおいがする。
　有怪味道。（嗅覺）

▶甘い味がする。
　（吃起來）有甜甜的味道。（味覺）

▶何かありそうな気がする。
　覺得好像有什麼事。（預感）

が－表示所屬關係

說　明

表示「擁有」某樣東西時，通常是用「あります」「います」這些動詞。而在擁有的東西後面，要加上助詞「が」來表示是所屬的關係。

312

例　句

▶ 私は野球のボールが三つあります。
我有三顆棒球。

▶ 彼は友達がたくさんいます。
他有很多朋友。

が－逆接

説　明

「が」除了可以放在名詞後面之外，也可以放在句子的最後面，表示其他不同的意思。當前後文的意思相反時，在前句的最後面，加上助詞「が」，即是表示下一句話和這一句話的意思完全相反。

例　句

▶ 成績はいいですが、性格は悪いです。
成績很好，但是個性很惡劣。

▶ きれいですが、冷たいです。
長得很漂亮，但是很冷淡。

が－開場

説　明

在日文中，要開口和人交談時，若是陌生人或是較禮貌的場合時，一開始都會先用「すみませんが」來引起對

track 跨頁共同導讀 151

方的注意。就像是中文裡，想要引起對方注意時，會說「不好意思」「請問…」一樣。因此，在會話開場時，會在「すみません」等詞的後面再加上助詞「が」。

例　句

▶ あのう、すみませんが、図書館はどこですか。
不好意思，請問圖書館在哪裡呢？

▶ つまらないものですが、どうぞ召し上がってください。
一點小意思，請品嚐。
（這句為常用的句子，可當成慣用句來背誦）

▶ これ、つまらないものですが。
這是一點小意思，不成敬意。
（這句為常用的句子，可當成慣用句來背誦）

が－兩個主題並列

説　明

敘述主題時，要同時舉出兩個特色並列說明時，在前一句的後面加上「が」，表示並列的意思。

例　句

▶ 兄は医者ですが、弟はスポーツ選手です。
哥哥是醫生，弟弟是體育選手。

も

説明

「も」是表示「也」的意思，舉出的主題有相同的特性的時候，就可以使用「も」。另外，「も」也可以用來表示對數量、程度的強調，表示主題「竟也」到達到種誇張的程度。以下整理「も」的用法。

1. 表示共通點
2. 與疑問詞連用
3. 強調程度

も－表示共通點

説明

兩項主題間具有相同的共通點時，可以用「も」來表示「也是」的意思。使用的時候有兩種情況，一種是只加在後面出現的主語，另一種則是前後兩個主語都使用「も」。

例句

▶ 彼は台湾から来ました。私も台湾から来ました。
　他是從來台灣來的，我也是從台灣來的。

track 跨頁共同導讀 152

も－與疑問詞連用

説　明

「も」和疑問詞連用的時候，可以當成是「都」的意思。例如「どれも」就是「每個都」的意思。而疑問詞和「も」連用，通常都是具有強烈肯定或否定的意思。

例　句

- どれ＋も→どれも
  （不管）哪個都
- いつ＋も→いつも
  一直都／隨時都
- どこ＋も→どこも
  哪裡都／到處都
- なに＋も→なにも
  （不管）什麼都

例　句

▶ どれもいい作品(さくひん)です。
　不管哪個都是好作品。

▶ いつも忙(いそが)しいです。
　一直都很忙。

▶ どこも出(で)かけませんでした。
　哪裡都沒有去。

▶ 何(なに)も見(み)ません。
　什麼都不看。

も－強調程度

説　明

在句子中，要強調數量的多寡、程度的強烈時，可以在句中的數字後面加上「も」，表示「竟然也有這麼多」的意思。或是在名詞後面加上「も」，表示竟然連這件事都不做或是竟然連這個都沒有。

例　句

▶ <ruby>公園<rt>こうえん</rt></ruby>に<ruby>百人<rt>ひゃくにん</rt></ruby>もいます。
公園裡竟然有一百個人。

を

説　明

「を」通常使用在他動詞和自動詞中的移動動詞前面。剛好在前面的自動詞句和他動詞句中，都學習過「を」的用法。這裡再次加以整理複習。
1. 表示他動詞動作的對象
2. 表示移動動詞動作的場所
3. 從某處出來

を－表示他動詞動作的對象

説　明

當「を」出現在名詞後面的時候，是表示動詞所動作的對象，這時的名詞也就是一般所說的「受詞」。

track 跨頁共同導讀 153

例　句

▶ ジュースを飲みます。
　喝果汁。

track 154

を－表示移動動詞動作的場所

說　明

在前面的自動詞篇章中，曾經提到自動詞中有種特別的動詞，叫做「移動動詞」，而在移動動詞中，有一種表示在某區域、場所間移動的動詞，這種動詞，就要要使用「を」來表示移動的地點和場所。

例　句

▶ 公園を散歩します。
　在公園裡散步。

▶ 道を歩きます。
　在路上走。／走路。

▶ 道を通ります。
　通過道路。

▶ 海を渡ります。
　渡海。

▶ 鳥が空を飛びます。
　鳥在空中飛翔。

154 **track** 跨頁共同導讀

を－從某處出來

說明

要表示從某個地方出來，是在場所的後面加上「を」。（和起點的意思不同，而是單純指從某地方裡面出來到外面的感覺）

例句

▶朝、家を出る。
　早上從家裡出來。

▶台北でバスを降ります。
　在台北下了公車。

か

說明

「か」是表示疑問的意思，通常是放在句尾，或者是名詞的後面使用。大致可以分成兩種用法：
1. 表示疑問或邀約
2. 選項
3. 不特定的對象

助詞

• 319 •

か－表示疑問或邀約

説明

在前面學過的名詞句、形容詞句、動詞句中，要寫成疑問的型式時，都是在句末加上助詞「か」。相信大家對它的用法已經十分熟悉了。

例句

▶このかばんはあなたのですか。
　那個包包是你的嗎？（表示疑問）

▶一緒に映画を見に行きませんか。
　要不要一起去看電影？（詢問對方意願）

▶お食事に行きましょうか。
　要不要一起去吃飯？（表示邀請）

か－選項

説明

在句子中列出兩個以上的選項，要從其中選擇。這時選項的後面加上「か」即表示選擇其中一項的意思，就如同中文裡的「或者」之意。

例句

▶ペンか鉛筆で書きます。
　用筆或是鉛筆寫。

か－表示不特定的對象

說　明

在疑問詞的後面，加上「か」，可以用來表是不特定的對象。像是在「だれ」的後面加上「か」，即表示「某個人」的意思。

- だれ＋か→だれか
  某個人
- どこ＋か→どこか
  某處
- なに＋か→なにか
  某個
- いつ＋か→いつか
  某個時候

例　句

▶ 誰かこっちに来ます。
  有某個人向這裡走來。
▶ どこかにおきましたか。
  放在哪裡了呢？
▶ 何か食べ物がありませんか
  有沒有什麼吃的？
▶ いつかまた会いましょう。
  某個時候還會再見面的。／後會有期。

這就是你要の日文文法書

track 156

に

説　明

「に」可以用來表示進行動作的地點、目的地、時間…等。大致可分為下列幾種：
1. 表示存在的場所
2. 表示動作的場所
3. 表示動作的目的
4. 表示目的地
5. 表示時間、比例
6. 表示變化的結果

に－表示存在的場所

説　明

在表示地方的名詞後面加上「に」，表示物品或人物位於某個地點。通常和前面所學過的「あります」「います」配合使用。

例　句

▶ 机の上にお菓子があります。
　桌上有零食。

▶ 庭に犬がいます。
　院子裡有狗。

に－表示動作進行的場所

説明

一個動作一直固定在某個地方進行的時候，就會在場所的後面用「に」來表示是長期、穩定的在該處進行動作。若是短暫的動作時，則是用「で」來表示。（可參照後面「で」的介紹。）

例句

▶ 出版社に勤めます。
　在出版社工作。
　（表示長期在出版社上班）

▶ 公園のベンチに座ります。
　坐在公園的長椅上。
　（表示坐在椅子上穩定的狀態）

▶ ここにおきます。
　放在這裡。
　（表示放置在這裡的穩定狀態）

に－表示動作的目的

説明

在前面的他動詞句中曾經學過，要表示動作的目的時，可以用動詞ます形的語幹加上助詞「に」來表示目的。另外，還有表示目的地的「に」，則是在地點後面加上「に」。而在名詞後面加上「に」也具有表示目的之意。

track 跨頁共同導讀 157

例 句

▶ 映画を見に行きます。
去看電影。

▶ 留学に来ました。（名詞＋に）
來留學。

に－表示目的地

説 明

在場所的後面加上「に」是表示這個場所是動作的目的地或目標。

例 句

▶ 公園に行きます。
去公園。

に－表示時間、比例

説 明

在表示時間的名詞後面加上「に」，可以用來說明動作的時間點，也可以用來表示條件範圍。可參照下面例句的說明。

例 句

▶ 毎日十時に寝ます。
每天十點就寢。（表示動作的時間點）

157 **track** 跨頁共同導讀

▶ 月に二回図書館に行きます。
　一個月去兩次圖書館。（表示時間的範圍）

▶ 二人に一人は子供です。
　兩個人裡就有一個是小孩。（表示比例／條件範圍）

に－表示變化的結果

説　明

在句子中，若要表示變化的結果時，要在表示結果的詞（可以是名詞、な形容詞）後面加上「に」。

例　句

▶ 医者になりました。
　變成醫生了。／當上醫生了。

158 **track**

へ

説　明

「へ」表示動作的目標，這個目標可以是場所，也可以是人。「へ」在使用上，有時可以和「に」作用相同，但並非全部都可以通用。（可參考「に」的介紹）

例　句

▶ 明日、日本へ出発します。
　明天要出發前往日本。

track 跨頁共同導讀 158

▶ どこへ行きますか。
要去哪裡？

▶ 両親へ電話をかけます。
打電話給父母。

▶ 友達へメールをします。
發電子郵件給朋友。

▶ 国の家族へ電話します。
打電話給在家鄉的家人。

▶ 何時に家へつきましたか。
何時到家的？

で

説明

「で」可以用來表示地點、手段、理由、狀態…等。大致可分為下列幾種用法：
1. 動作進行的地點
2. 表示手段、道具或材料
3. 表示原因
4. 表示狀態
5. 表示範圍、期間

で－動作進行的地點

説明

在場所的後面加上「で」通常是表示短時間內在某個地點進行一個動作，這個動作並不是固定出現的。（用法和「に」不同，可參照「に」的說明）

例句

▶ 夏は海で泳ぎます。
夏天時在海裡游泳。

▶ 三十歳で結婚しました。
三十歲時結婚了。

で－表示手段、道具或材料

説明

表示手段時，在名詞的後面加上「で」，用來表示「藉著」此物品來進行動作或達成目標。另外，物品是「用什麼」做成的，如：木材製成桌椅，也是以「で」來表示；但若是產生化學變化而產生的物品，例如：石油變成纖維，則不能用「で」。

例句

▶ 電車で学校へ行きます。
坐電車去學校。（表示手段）

track 跨頁共同導讀 159

▶ フォークでハンバーグを食べます。
用叉子吃漢堡排。（表示道具）

▶ この椅子は木で作られます。
這把椅子是用木頭做的。（表示材料）

比較

▶ ワインはぶどうから作られます。
紅酒是葡萄做成的。（表示材料，有化學變化，用「から」）

で－表示原因

説明

「で」也可以用來表示理由。說明由於什麼原因而有後面的結果。

例句

▶ 寝坊で遅刻しました。
因為睡過頭而遲到。

で－表示狀態

説明

「で」也可以用來表示動作進行時的狀態，例如：一個人、大家一起、一口氣…等。

例句

▶ 一人でご飯を作りました。
一個人作好飯。

▶みんなで映画を見に行きます。
大家一起去看電影。

で－表示範圍、期間

説明

「で」也可以用來表示期間、期限或是範圍。

例句

▶一年間で百万貯金しました。
用一年的時間存了一百萬。

▶世界で一番好きな人は誰ですか。
世界上你最喜歡的人是誰？

と

説明

要舉出兩件以上的事物，而這幾件事物的位置是同等並列的時候，就用「と」來表示。另外還可以表示和誰進行相同的動作、表示自己的想法…等等。在本篇中先介紹較基礎的用法，而不列出需要做動詞變化之用法。

1. 二者以上並列
2. 表示一起動作的對象
3. 傳達想法或說法

track 跨頁共同導讀 160

と－二者以上並列

説明

列舉出兩個以上的事物，表示這些事物是同等地位的時候，就用「と」來表示。意思就與中文裡的「和」相同。

例句

▶ 牛乳と紅茶を買いました。
買了牛奶和紅茶。

と－表示一起動作的對象

説明

要說明一起進行動作的對象，就在表示對象的名詞後面加上「と」。

例句

▶ 友達と映画を見に行きました。
和朋友去看了電影。

と－傳達想法或說法

説明

要傳達自己的想法或是轉達別人的說法時，中文裡會用「我覺得…」「他說…」等方法表示，而在日文中，會在完整的句子後面加上「と」，來表示這是一個想法或是別人的說法。

例　句

▶ あの映画(えいが)は面白(おもしろ)いと思(おも)います。
我覺得那部電影很有趣。

▶ 妹(いもうと)は歌手(かしゅ)になりたいと言(い)いました。
妹妹說她想當歌手。

から

説　明

「から」具有「從…」和「因為」兩種意思。依照意思的不同，也可以分成下列用法：
1. 表示起點
2. 表示原因
3. 表示原料

から－表示起點

説　明

「から」可以用來表示起點，這裡的起點可以是地點、時間、範圍、立場…等。

例　句

▶ 授業(じゅぎょう)は九時(くじ)からです。
課程從九點開始。（表示時間的起點）

track 跨頁共同導讀 161

▶今日は学校から公園まで走りました。
今天從學校跑到了公園。（表示範圍）

から－表示原因

說　明

「から」用來表示原因時，是表示自己的主張，或是對別人發出命令時使用。

例　句

▶眠いから行きません。
因為想睡所以不去。

から－表示原料

說　明

前面曾經學過「で」也可以用來表示製作物品的原料。「で」是用來表示原料直接製成物品，而沒有經過質料的變化。「から」則是原料經過了化學變化，成品完成後已經看不出原料的材質和形式了。

例　句

▶ワインはぶどうから作られます。
紅酒是葡萄做的。

より

説明

「より」具有比較基準的意思，也就是中文裡的「比」。另外也含有起點意思。在本篇中，先針對比較的意思來學習。在使用「より」時，需注意據前後文的排列方法不同，比較的結果也不同，下面就用例句來說明。

例句

▶ 彼女は私より背が高いです。
她比我高。

▶ 彼女より、私のほうは背が高いです。
比起她，我比較高。

▶ 日本は台湾より大きいです。
日本比台灣大。

▶ 日本より、アメリカのほうが大きいです。
比起日本，美國比較大。

▶ 母は私より優しいです。
媽媽比我溫柔。

▶ 母より、私のほうは優しいです。
比起媽媽，我比較溫柔。

まで

説 明

「まで」是用來表示一個範圍的終點，可以是時間也可以是地點場所。

例 句

▶ 今日は学校から公園まで走りました。
今天從學校跑到了公園。（公園是終點）

▶ 昨日は十ページから三十ページまで読みました。
昨天從第十頁讀到第三十頁。（三十頁是範圍的終點）

▶ 試験は朝十時から午後三時までです。
考試是從早上十點到下午三點。（表示時間終點）

▶ 夏休みは七月一日からです。
暑假是從七月一日開始。（表示時間的終點）

▶ 仕事で高雄まで行きます。
因為工作的關係，要到高雄去。（表示達到的地點）

▶ 五時までに宿題を出してください。
請在五點以前交作業。

（限定的時間點；表示時間點時要用「までに」）

など

説明

「など」等同於中文裡的「…等」之意。是在很多物品中列舉了其中幾樣的意思，或者是從眾多的物品中舉出了其中幾樣當例子。

例句

▶ 朝はトーストやサンドイッチなどを食べます。
　早上通常是吃吐司或是三明治之類的。

▶ 学校の前には本屋や八百屋や交番などがあります。
　學校前面有書店、蔬菜店、警察局……等等。

▶ 食事の後でジュースなどいかがですか。
　　（いかが：如何）
　吃完飯後，要不要來杯果汁之類的。

▶ 九州や東京などはどうですか。
　九州或是東京之類的如何呢？

▶ 野菜や肉などを買いました。
　買了些蔬菜和肉之類的。

▶ 昨日、アニメやドラマなどを見ました。
　昨天看了卡通、連續劇之類的節目。

や

説明

「や」可以當成是「或是」的意思。用在並列舉出例子的時，將這些例子串連起來。

例句

▶ ここには、台湾（たいわん）や日本（にほん）や韓国（かんこく）など、いろいろな国（くに）の社員（しゃいん）がいます。
　在這裡，有台灣、日本、韓國…等各國的員工。

▶ 考（かんが）え方（かた）ややり方（かた）は違（ちが）います。
　想法或是做法不同。

▶ 部屋（へや）に机（つくえ）やベッドなどがあります。
　房間裡有桌子和床…等等。

▶ 朝（あさ）はトーストやサンドイッチなどを食（た）べます。
　早上通常是吃吐司或是三明治之類的。

▶ 学校（がっこう）の前（まえ）には本屋（ほんや）や八百屋（やおや）や交番（こうばん）などがあります。
　學校前面有書店、蔬菜店、警察局……等等。

しか

説明

「しか」是「只」的意思，是限定程度、範圍的說法。在使用「しか」的時候，後面一定要用否定型，就如同是中文裡面的「非…不可」的意思。

例句

▶ 肉しか食べません。
非肉不吃。／只吃肉。

▶ 水しか飲みません。
非水不喝。／只喝水。

▶ 教科書しか読みません。
非教科書不看。／只看教科書。

▶ 漫画しか読みません。
非漫畫不看。／只看漫畫。

▶ 仕事しか考えません。
非工作不想。／只想著工作。

▶ 日本しか行きません。
非日本不去。／只去日本。

くらい

説明

在日文中，要表示大概的數字和程度時，可以用「くらい」或是「ほど」來表示。其中「くらい」是較口語的說法。

例句

▶ 学校までは五分くらいかかります。
　到學校約需五分鐘。

▶ これは三千円くらいかかります。
　這個大約三千元。

▶ ここは台北の三倍くらいの面積があります。
　這裡的面積大約有台北的三倍大。

▶ 庭に二歳くらいの子供がいます。
　院子裡有個兩歲左右的小孩。

▶ 四時ぐらいに帰りました。
　四點左右回家了。

▶ ここは千人くらいの人が集まります。
　這裡大約會聚集一千人左右。

かんたん じつよう
簡単　　実用

報復性旅遊必備的萬用日語
「リベンジ旅行で日本語を使おう！」

旅遊日文 完整版
たび にほんごかいわ かんぜんばん
旅の日本語会話 完全版

一定可以輕鬆上手的旅遊日文
らく み たび にほんごかいわ
楽に身につく旅の日本語会話

讓你開開心心出國旅行
きぶん しゅっこく
ウキウキ気分で出国

即將出版

いちばん使える旅行日本語フレーズブック

本書依場景分門別類，以利快速查詢。

挑選最實用的會話短句，
並廣增最派得上用場的相關單字。
是您溝通立即通的旅遊利器！

想說什麼都能通 超好用 日語旅遊書

（附QR Code隨掃隨聽音檔）

一冊在手，暢行無阻
精選情境會話，網羅相關單字
小小一本，讓您輕鬆遊日本

誰でもマスターできる！

誰說學不會？一看就通的 基礎日語文法

すぐわかる日本語文法

（附QR Code隨掃隨聽音檔）

精選 最常用的日語文法
充實 例句舉一反三
升級 讓您的日語實力立即升級

先學會 最實用的 日語文法

網羅生活中
必備日語文法
提供精通日語文法的捷徑

永續圖書
線上購物網

www.foreverbooks.com.tw

◆ 加入會員即享活動及會員折扣。
◆ 每月均有優惠活動，期期不同。
◆ 新加入會員三天內訂購書籍不限本數金額，
　即贈送精選書籍一本。（依網站標示為主）

專業圖書發行、書局經銷、圖書出版

永續圖書總代理：
五觀藝術出版社、培育文化、棋茵出版社、大拓文化、讀品文化、雅典文化、大億文化、璞申文化、智學堂文化、語言鳥文化

活動期內，永續圖書將保留變更或終止該活動之權利及最終決定權。